GALAXY'S EDGE

银河边缘

GALAXY'S EDGE

GALAXY'S
EDGE

THE INVERTED
TOWER OF
BABEL

银河边缘

GALAXY'S EDGE

015

倒悬的巴别塔

主编——杨枫

新星出版社 NEW STAR PRESS

银河边缘
- 015 -
倒悬的巴别塔

主　　编：杨　枫
总 策 划：半　夏
执行主编：戴浩然
版权经理：姚　雪
海外推广：范轶伦
文学编辑：姚　雪
戴浩然　王　权
田兴海　单卉瑶
责任编辑：吴燕慧
监　　制：黄　艳
美术设计：冷暖儿
张广学
封图绘制：
森　北

Contents

BACK TO BABEL / by Sam Li 1

THE MILLION-YEAR PICNIC

/ by Ray Bradbury 39

THE INVERTED TOWER OF BABEL

/ by Wang Zhenzhen 55

MORE THAN THE SUM OF HIS PARTS

/ by Joe Haldeman... 79

THE PINK METEOR FLARE

/ by Lucy Li 111

COME ALL YE FAITHFUL

/ by Robert J. Sawyer.................................... 141

A GREY CENTURY / by Candice Chen..... 165

FATE AND OTHER VARIABLES

/ by Alex Shvartsman..................................... 203

THE STAR SO BLACK, THE SPACE SO

WHITE / by Robert Jeschonek.................... 223

目 录

重返巴别 ／李帕图 1

百万年的野餐 39

［美］ 雷·布拉德伯里 著　胡绍晏 译

倒悬的巴别塔 ／王真祯 55

不只是器官总和 79

［美］ 乔·霍尔德曼 著　彭健雅 译

粉红色的流星尾灯 ／青 筝 111

忠贞之辈 141

［加］ 罗伯特·J. 索耶 著　华 龙 译

灰度世纪 ／陈 雪 165

命运与其他变量 203

［美］ 亚历克斯·施瓦茨曼 著　丛 妙 译

星辰如墨，太空闪耀 223

［美］ 罗伯特·杰舍尼可 著　海 蒂 译

BACK TO BABEL

by

Sam Li

▽

重返巴别

李帕图

李帕图，澳大利亚昆士兰大学应用语言学在读硕士，中文互联网神秘组织书鱼文学社成员，第150届诺贝尔文学奖获得者，完全不擅长写科幻的文科生，尝试做一个完整的诗人。

本文为《银河边缘》中文版专发篇目。

1

我讨厌大公司。

我坐在走廊外的长椅上，有些焦急地抬腕看表，好几个挂着名牌的工作人员从我面前路过。他们不在乎我，不在乎我握着“访客牌”出现在加密车间，甚至不在乎我伸长腿挡住了他们的路，我扶起那个摔倒的人，他连谢谢都没有说一声，径直抱着手里的平板电脑匆匆离去。

所以我讨厌大公司。

“麦子女士，对吧？”一个声音在身后响起，我扭头看去，是一个穿着西装的男人。

“是我。”

“是这样，我们的服务器区已经过了游览时间，您看可不可以明天……”穿西装的男人有些为难地搓了搓手。

“我有记者证，还有你们老总的介绍信。”我从包里拿出一张信纸冲他扬了扬，见他仍然面露难色，我接着说，“贵司的听证会就在下周，如果这周‘洗白’的稿子没有写出来的话，你担得起吗？”

他愣了一下，有些慌张地对着走廊另一边做了一个请的手势。

看样子，他显然担不起。

随后，我跟他走进那部用通行证才能刷开的电梯。

“麦子女士，方便问一下，您和提姆总的关系是……”

“仇人。”我抱着双臂，冷冷地看着电梯里的屏幕。

欢迎来到巴别，我们重新做回，联合的人类。

画面里是一名跳芭蕾的女孩子，穿着不菲的亮片裙，不停地在舞台中间转圈，裙摆上的亮片一闪一闪的，像天上的星星。

她转啊转，好像永远都不会停下来。

2

我第一次遇见提米，是在悉尼大学的食堂，温特沃斯楼，中午的食堂在刚开学时总是挤满了人，我俩被迫坐一桌儿。

提米是个传说，这我们都知道，在迎新周脱掉衣服扛着音响跑到哈利·波特楼的草坪前裸舞，音响里传来绿日乐队的《九月结束时叫醒我》。语言学是公认的最冷门的文科专业之一，提米却是整个大学最出风头（或者出丑）的语言学学生。

该怎么告诉他，我也喜欢绿日乐队呢？

“哥们儿，有多的甜辣酱吗？”他拍了拍我的肩膀。

“你好，我叫陈束，你可以叫我史蒂汶，我平时喜欢看电影……”一个激灵，我下意识把心里演练过好几遍的话一股脑儿地说了出来，提米被我吓了一跳，往后缩了一下，然后看着我哈哈大笑起来。

“放松，放松，史蒂汶。”他举起手里的叉子，试探着从我的饭盒上舀走了一些甜辣酱。

我有些尴尬地红了脸。

人声鼎沸。

“国际学生吧？”提米快速吃完了他的餐点，打趣地扭头看着我，“你考雅思的时候，也是背的这个模板？”

我挠了挠头，《剑10》里的历年真题可没教过我怎么回应这句话。

“我……不太知道怎么交朋友。”我老老实实地说。

“没想到你还挺内向。可开学第三天就在恩菲尔德教授的课上打架，在《柯林斯词典》里这可不是内向的定义。”他露出了洁白整齐的牙齿。

我的脸越来越红。

“吃完了吗？”他朝着我的饭盒努了努下巴。

“吃完了。”

“吃完了就跟我走吧。”他拍了拍手站起身来。

“去哪儿？”我有些疑惑。

“去麦当劳吃芝士汉堡，你在想什么呢？”他有些鄙夷地看着我，“当然是去接受公主的道谢加冕，骑士先生。”

或许是我太笨了，依然没能理解他的话，但我还是把一次性饭盒扔进了垃圾桶，擦了擦嘴跟着他朝门外走去。

“我叫提姆，顺便说一下，提姆·伍德曼，你可以叫我提米，以及……”他冲我笑了笑，“我也喜欢绿日乐队和看电影，史蒂汶。”

是的，这就是我第一次遇见提米，那个全悉尼最捉摸不透的男人，用他的话说，他是一阵风，或者一场雨，他就这么没有任何征兆地出现在我面前。

毫无，征兆地，出现，在我面前。

3

我第一次认识阿東，是因为开学的那次猥亵。

在我们学校，同专业的大一课程都是统一安排的，阿東不爱说话，背着一只皮革大书包，一个人坐在角落里。

那个男人开始抚摸我的锁骨时，我捏紧拳头转身朝他打去，却被他一把抓住。周围的人开始有些异样地看着我们，那男人讪笑两声，说我是他的女朋友，在吵架。

“放开！”我抬眼看了一下正在上课的教授，低声警告他。

“不然会怎么样？”他仍然嬉笑着。

我正准备站起身来，那个男人却笑不出来了。

“她叫你，放开。”阿東站在他的身后，声音沉闷，但是抓耳。

全班的人都转过身来看着我们。

那天的课程以骚乱结束，校园安保把我们带去询问事情原委，可我扭头时，阿東已经不见了。

“想要找到骑士先生吗？”当我走出办公室的时候，一名男同学倚着门框问我。

开学后有不少人跟我搭话，其中留下印象最深的就是提姆，那个在学校主楼门口裸舞的男人。

我没有理会他，背着书包朝电梯走去。

“至少和他说声谢谢吧，”他的声音从我身后传来，“他为了你，可挨了不少下。”

“下次想认识我，换个没那么老土的招数吧。”我扭头冷冷地看着他。

“我可不认识他，”提姆将双手举到胸前，示意我保持距离，“我只是想做个好人，用你们中国的老话，‘路见不平，拔刀相助’。”

我加快了脚步，不想接他的话。

“给你春天和盔甲，多罗茜，”他缓缓地念出了这句话，**“给你善良的骑士。”**

我有些错愕地转身看向他。

这个恶心的男人偷看了我写的博客。

在提姆的帮助下，我和阿束有了第一次正式见面，他还是那么腼腆，都不敢正眼看我。

我们三人就算认识了，不怎么说话只会低头傻笑的阿束，没什么耐性的我；以及认识的人遍布全校、来自各个国家，但是被所有认识的人当成笑话看的提姆。

公共必修课有不少小组作业，提姆以“都是缘分”为由拉着我们俩组成了做小组报告的三人小队，他对语言有着很奇特的天赋，和我们待在一起不过两三个月，就自学会了够基础交流的中文。

“比起其他语言的使用者，英语使用者是天生的汉语学习者。”我们惊诧于提姆的天赋，提姆却轻描淡写地如此说道。

“为什么?”阿束有些不理解。

“印欧语系的英文和汉藏语系的中文，明明是两种完全不同的系统，可是在句法和语法的构筑中却惊人地相似，”提姆喝了一口馥芮白，“主谓宾的顺序、名词性别和形容词性别的模糊等等。”

“你忽略了其他的复合语素成分，”我皱了皱眉头，“时态、虚词、多音节的重音。”

关于这点，他已经是第无数次和我们讲起了，每次我们聊天，他都会很刻意地提起。

“总有相似的地方吧，通过探究语种的相似之处，就可以有机会溯源，就可以有机会举一反三。”

我抬手捂住了他的咖啡杯盖，看着他的眼睛。

“你到底，想要说什么，提姆？”

提姆放下了手中的咖啡，抬头安静地看着我们，不知道又在计划着什么。

他总是给我这种感觉，一切都在算计之中，他说的每一句话，做的每一件事，都好像有意味深长的其他意思。

“跟我去个地方吧，我的组员们。”

这是我讨厌提姆的最主要的原因，虽然他在学术领域的表现异常耀眼，可他总是要自作主张地做最抢风头的那个人。

我们坐上提姆的破烂手动挡丰田，由着他开车一路疾驰。

“我们要去哪里？”我问他。

“你们是中国人，一定听说过国际纵队吧。”他专心地看路，对我的问题答非所问。

我扭头和阿東对视了一眼。

“在西班牙内战期间，第三国际组建了人民战线，全世界的国际主义斗士去那里抗击法西斯。他们来自不同的国家，有不同的背景，说着互相都不理解的话，但是他们会哼同一首歌。”

提姆话音刚落，就小声地哼唱起那首我们耳熟能详的歌曲。

我们在落日烫染的大道上奔驰，嘴里不约而同地轻轻哼起了那首歌。

目的地是蓝山的回声点，提姆轻车熟路地带着我俩来到了这里。

“我的父亲是国际纵队年纪最小的记者，战争结束后他移居澳大利亚，在这里给我讲了这个故事。”提姆从夹克的兜里摸出了一个小巧陈旧的日记本，“就是这个全悉尼最适合看日落的地方。”

我和阿束接过那个本子，上面写满了各种各样的语言。

“父亲的编队解散前，队里的战友们给他写了信，留了言，可是他看不懂，回美国后也一直没有时间学。”提姆倚靠着栏杆，“后来，我拿到了他的笔记本，我就开始学，我要学完世界上所有的语言，我要读得懂所有人给所有人写的信。”

我终于明白了提姆死皮赖脸缠着我和阿束的原因，学校里有不少中国人，可是提姆身边好像还真没有出现过亚洲面孔。

起风了，提姆的夹克被吹得猎猎作响，太阳的尾巴悬垂在远处，阿束手中摊开的本子一页页飞舞，我看到了我最熟悉的一段文字。

“祝君平安。”

这是那段汉字的最后一句。

4

在我和麦子的帮助下，提米的中文水平突飞猛进，而在提米和麦子的陪伴下，我也学会了过那种受欢迎孩子的冒险生活。

我们在涡拉溪的加油站口喝得烂醉如泥，在萨里丘的“黄金时代”电影院看一部又一部返场的老电影:《月升王国》《台风俱乐部》《谋杀绿脚趾》《摩托日记》，提米还带我们去新镇的恩摩尔剧院看话剧，是新编的《麦克白》还是《李尔王》，我记不清了，只记得演员僵硬的台词让我昏昏欲睡。

麦子住在泽特兰，家在车站附近，我和提米都住学校周围，但每次提米都会开车先把她送回去。

“你喜欢多罗茜，对吧史蒂汶?”那天麦子下车朝马路对面走去，提米突然问我。

我连呛了两口水。

“你疯了？”我皱了皱眉。

提米笑得直拍方向盘，一声又一声的喇叭响彻安静的夜晚，我连忙探身过去按住了他的嘴巴和手，转身冲站在马路对面疑惑回头的麦子讪笑了两下。

麦子点了点头，继续往前走去。

“你什么时候看出来的？”看着麦子走远，我长吁了一口气。

“我们是语言学学生，史蒂汶，我们信奉语言是解开人与人之间壁垒的唯一办法。”提米摇了摇头，“但是，并不是所有的信息都需要通过语言来传递，有些话你憋着不说，但还是会从你的五脏六腑、从你的毛孔和眼睛溢出。”

“又是什么‘普天之下爱最大’的迪士尼说法吗？”我有些不屑地从他副驾驶的手套箱里摸出一包登喜路，自顾自点了一根。

“不，不是爱，史蒂汶，是悲伤，”提米饶有兴趣地看着我，他总这样看着我，“当你们分开的时候，你总是很悲伤。”

我不再理他，别过头去继续抽烟。提米见我不想说话，很识趣地放开手刹驱车离开。

那天晚上我们一路无话，他安静地开车，我安静地吸烟，车载广播放着平克·弗洛伊德的《年轻欲望》。

我到家了。

“一个额外的小建议，多罗茜写诗，”我准备上楼的时候，提米叫住了我，“学着写写诗吧，史蒂汶。”

他丢下这句没头没脑的话后，转身跑掉了。

像我说的，提米是一个浑身都是秘密的人，我们第二次知道提米的大秘密，是在某一个啤酒之夜。

我们在新镇碰头，麦子负责买奇多和史密斯薯片，我负责买啤酒，在我们约定好的那个路灯下，左等右等提米都没有出现。

“他从来不迟到的。”我皱了皱眉，有些不放心，想给他打个电话。

“他那副吊儿郎当的样子，之前不迟到我才惊讶呢。”麦子撇了撇嘴。

就在我们闲聊的时候，那辆破烂的二手丰田一个急刹停在了我们面前。

“快走！”提米满头大汗，他左额受了伤，血流下来遮住了一只眼睛。

我还想再说点什么，一阵嘈杂声响起，两辆老福特朝着我们直直撞来，我下意识地拉着麦子上了车。

“坐稳！”

提米没有和我们解释什么，身后追击的人不停地叫骂着我们听不懂的语言，不断地朝我们扔木棍和钢管，麦子害怕地捂着头，我扭头看向提米，那是我第一次看见提米发狠的表情，像一头出笼的狮子。

我们开了好久，默契地没有提起这件事情的前因后果，我们任由提米甩动着方向盘，东倒西歪地越开越远，身后的叫骂声也渐渐不见。

我认识这条路，是我们去蓝山的路。

我们最终停在了一座荒凉的小山丘前。

“怎么样，帅吧？”提米下车后坐在引擎盖上，又恢复了那种嬉皮笑脸的表情，他看着发蒙的我和面色惨白的麦子，抬手摸出一包皱巴巴的登喜路，抽出一根，塞在了嘴里。

麦子冲上前去，按住了他想要点火的那只手，就像她当初按住他的咖啡一样。她的声音不停地颤抖：

“如果，你不给我一个合理的解释，我现在就打000告诉警察我被绑架了。”

我想上前劝解，麦子回头横了一眼，我站在原地不敢动弹。

“你现在开心了吗，提姆·伍德曼？”麦子一个一个音节地吐出来，像是有小石子落到地上。

提米叹了一口气，仿佛妥协了似的，整个人的气势瞬间弱了下去。

“好啦，好啦，真心话时间。”

麦子冷冷地在车前找了一块石头坐下。

“嗯，从哪里开始讲呢？就从我最近学会的成语开始讲起吧，”没有了麦子的阻挡，提米终于顺利地点燃了烟，“‘天煞孤星’。”

提米曾经和我们讲过，他那么努力地学各种语言有两个目的，其中一个是能在未来的某一天翻译出他爸爸日记本上的所有赠言和书信；至于第二个，直到这个被飞车党追得只剩半条命的晚上，他才和我们讲起。

提姆·伍德曼是一个祸害，在他家乡的那个小镇上，所有人都这样说他。

一个藏起邻居镐把的恶作剧，导致父亲和邻居的口角转变成了街斗，两人住了三个月的院；不小心把午饭的蛋黄酱洒在校霸的衣服上，让校霸以为他是受另一伙人的指示让自己出丑，结果两边的学生大打出手，堪称当地最恶劣的学生暴力事件之一；因为伪造证件进酒吧被查，牵扯出一帮经常使用假证件进酒吧的未成年，然后演变成激烈冲突和流血事件……

不知道是宿命，还是单纯的倒霉，他总是卷入各种各样莫名其妙的冲突和争端里，甚至大部分的争端还都是因他而起。

在我们眼里，他知道不少街头斗殴的技巧，开车娴熟，时常疯疯癫癫，让人不敢靠近。但他的斗殴技巧是在一次次挨打里摸索出来的，车技是为了跑得快一点，疯疯癫癫是为了吓跑自己周围的人，提米说，只要自己不和人过多接触，好像这个诅咒就不会应验，所以他上高中后就不再交朋友了。

“那又为什么要一直跟着我们呢？”我被这个离奇的故事震得合不拢嘴。

“提米？”他没有回答，只是看着眼前的漆黑怔怔出神，我试探性地呼唤他的名字。

“我也不知道，或许是因为，人还是不能没有朋友……吧？再糟糕的人都需要朋友。”提米轻轻地说。

我想说些什么，可是他的话音仍然在延续。他说我的确是个畏畏缩缩、不愿意惹麻烦的透明人，他开学头几天就看出来了，我这种性格很容易辨识。可是正因如此，我被全教室的人注视，帮多罗茜出头的那天很勇敢，是他没有见过的勇敢。

“可你还是没有说，这和你学语言有什么联系。”麦子打断了他对我的夸赞。

“你们知道韩立德教授吧？我们学校语言学部门的联合创始人，功能语法的奠基者。”提米站起身来，走到悬崖边。

我和麦子对视了一眼，相继摇头。

“韩立德说过一句很有意思的话，‘meaning is choice’，”提米并没有因为我俩不知道这位教授而恼火，他笑了笑，“我一直很喜欢功能语法，不同于其他的语法判定系统，它从不以形式和语法规范来划分语言，它只在乎语言的功能、传输意义、传输信息。

“语言是一个高度私密、高度内化的工具，受人类的思维驱使，你们知道这意味着什么吗？其实和物理上不可能实现的永动机很像，意味着信息和意义的传输永远都存在损耗，从你的脑子到你的嘴巴时，永远会有偏差。”

我和麦子面面相觑。

“举个例子吧，史蒂汶，告诉我，红色的定义。”提米突然抬起头来，直勾勾地看着我。

“玫瑰的颜色。”我张了张嘴，下意识地回答他。

“错，”他双臂交叉，“我是问你‘红色的定义’，而不是‘什么东西是红色的’。”

我愣了愣，脑海一片空白。

对啊，红色的定义，是什么呢？

“‘红色的定义是什么呢’，你现在一定慌里慌张地这么想吧。”提米就像看穿我的想法一样，“花朵是红色的，血液是红色的，站在心仪对象面前，你的脸是，红色的。”

我有些不自然地躲开他的目光。

“你明明知道红色是什么。你可以看见并分辨出所有的红色，可你就是没法说出，红色的定义。脑海里的信息和意义，在传输到嘴边的时候，出现了损耗。你其实没法精确说出自己脑子里的每一个想法，或者用你们的成语，”提米走到我的面前，“词不达意，弦外之音。”

说罢，提米绕过站在原地思考的我和麦子，跑到后座拿出了我准备的啤酒，他塞了两罐到我们手里，自顾自地打开最后一罐喝了起来。

“人类的争端也来源于此，因为没办法百分之百地让对方明白自己真正在想什么，想说的是什么，信息传输总是会损耗掉一些东西，可有时，损耗掉的东西才是关键。说同种语言的人都是如此了，更别说全世界六千多种已经查明的语言。”他猛灌了一口酒才想起来和我们碰杯，“你们听说过巴别塔吧，说着同种语言的人类联合起来兴建直通天堂的高塔，为了阻止人类的计划，上帝让人类说不同的语言，使人类相互之间不能沟通，计划因此失败，人类自此各散东西。

“要是人们可以毫不费力地完全互相理解，就好啦。”

我和麦子沉默不语。

“那么，有没有可能，创造一种语言呢？不是世界语那种挂羊头卖狗肉的东西，而是包含所有的言外之意，包含所有准确的思绪，让人们知晓彼此真正的心意，让人们不再争吵，不再有秘密。”

我怔怔地抬头看着他。

“多罗茜，这就是我想要学会世界上所有语言的第二个目的，真正的目的，我要找到所有语言的相同之处，并以此作为突破口，”提米轻声低喃，声音细微又坚韧，像是被风吹走在别处扎根的蒲公英，“我要重建巴别塔。”

那天晚上其实我就只买了三罐啤酒，可是我们喝了很久，大部分时间都是在讲故事，各自的故事。或许是被提米的演讲感染，我们不想再互相保留秘密。

天不知不觉地渐渐明亮，提米叫嚷着要去蓝山看日出。他起身去发动汽车，留下我和麦子坐在原地。一直以来，我和麦子几乎没有什么独处的机会，她像只鸟儿一样，自由，骄傲，我只敢钦慕地远远看她。

我想说点什么，我想给她念我练习了很久的开场白，我想告诉她我也在写诗，我最喜欢布考斯基和艾略特。

思想斗争正激烈时，麦子忽然唤我，她说阿束，天亮了，我们回家吧。

我说，好。

亮眼的车灯打在我俩的背上，麦子的五官在灯光下有些模糊不清，提米在身后催促了起来，麦子拍了拍我的肩膀，转身上了车，我放在夹克口袋里的手攥紧了那封信，最后又堪堪松开。

要是人们可以毫不费力地完全互相理解，就好啦。

那天的日出很漂亮，即使我们都很困，但并不妨碍它漂亮，在令人困倦的晨光里，我想起了提米的话。

5

“这边就是我们的总服务器区了，”穿西装的男人看向我时总带着勉强的笑意，看手表的时候又止不住地焦急，“我是这里的技术总监，有什么想问的问题您就问吧。”

我抬起了手机想要照相，技术总监伸手挡住了我的镜头。

“不好意思，商业机密，请理解一下。”他抬手擦了擦额头上的汗珠。

我耸了耸肩，息屏了手机，打开录音笔。

“和我说说巴别的软件开发吧，总监先生。”

“巴别计划，是2018年提姆·伍德曼和史蒂汶·Chen在大学时期提出来的雏形设想，身为年轻人的他们，深为世界的误解、冲突以及争端感到焦虑，于是两人商议，要创造一种全新的语言联动机制，旨在融合及贯通所有语言的相似之处，让全世界的人都可以跳过语言学习阶段，理解彼此的信息和意义。”

“所以巴别，并不是一种语言？”

“对，它其实更像是一种，跨越世代的翻译系统。”

“那它和普通的翻译软件，有什么不一样的吗？”

“当然不一样。”

我安静地等待着他说出下文。

“举个例子吧，麦子女士，假如我是一只刚刚进化成人类的猴子，我对人类社会一窍不通，”他想了想，“现在，市面上最先进、最完善的翻译系统摆在我的面前，我可以把世界上所有的人类语言转换成，嗯，猴子的语言，我可以看懂每一篇文章。”

"嗯。"

"但是，我真的可以理解这些文字在讲述什么吗？这些文字由每个民族创造，由历史长河里的划桨者传承，而我只是一只不属于他们当中的猴子，我能够理解他们在讲什么吗？他们在写下某一个段落时，是在哈哈大笑还是在掩面哭泣？"他领着我走过一排排闪烁着亮光的服务器，"无论翻译软件多么先进，哪怕能无缝对接每一种语言的释义，也总是会有损耗的，总是会有无法传达之意。"

"翻译者，背叛者。"我想起了那句意大利谚语。

"没错，看来您做过一些功课，"他面露喜色，"'翻译者即背叛者'，这是我们在理论形成初期主要攻克的问题，伍德曼先生称呼它为'墙'。"

"墙？"

"我看递交的采访申请里，您也是一位语言学的研究者，"他扭头问我，"萨丕尔和沃尔夫的假说您一定听说过吧？"

"语言相对论？"

"是的，语言相对论假设，一个人所说的语言决定了他的思维方式。原始爱斯基摩语中，描述雪的词根有三种，'空中的雪''飘落的雪'以及'地面的雪'，然而在英语里，只有snow。"这位穿西装的男人已经不再紧张，他似乎对这些东西很感兴趣，"同样的事情还有，爱斯基摩语大约有63种时态，可英语只有16种——如果只算非衍生的基础时态，甚至只有过去和现在两种。那么，爱斯基摩语的63种时态，该怎么被英语使用者知晓呢？”

“我以为这个假说已经被证伪了。”

“你有语言学的背景，麦子女士，你比我更清楚语言是一个高度私密、高度内化、高度主观的系统，”他摇了摇头，“关于它的理论，是很难被完全证伪的。”

“可是这些，和墙有什么关系？”

技术总监在闪烁轰鸣的服务器墙中间站定。

“你觉得语言是什么？麦子女士，是说出口的话？是写在纸上的信？是普通的交流工具？不，都不是，它们是世界上最复杂的东西，来自世界上最复杂的物种。它们不是没有底色的工具，它们被历史和文化浸染，被人类联结的渴望催生，它们生来就注定要被融合，即使经历漫长的岁月，即使要跨越不同的背景；而那些看起来无法跨越的，”他转过身来看向我，“就是需要我们跨越的，墙。”

他的眼神真挚又热忱，看得我直恍神，让我想起了很久很久以前，我的两个好朋友。

“所以，巴别系统是怎么运作的呢？”我低头调整了一下神色。

“得益于这两年脑机接口的飞速发展，我们的运算模式就是通过接口直接传输信息，经过我们服务器的加密计算得出真意，然后传输给用户，大脑对大脑，思绪对思绪，没有语言的输出，实现零损耗传输信息。”他继续向前走去。

“这就是你的巴别塔吗，阿東？”我轻轻地自言自语，服务器的轰鸣盖过了我的声音。

“还有什么要问的吗？”不知不觉，我们的观光已经结束，技术总监站在电梯旁边按了按钮。

“最后一个问题，不，应该是最后两个问题。”我摇了摇头。

“请问。”

“你们这里的服务器编号，我只看到002到726，请问001在哪里？另外，”我指了指服务器走廊的尽头，那部看上去几乎和墙壁融为一体的电梯，“那部电梯通往哪里？”

技术总监愣了一下，又显出了最初的那种紧张状态，他想说些什么，可是身后的广播响了起来：

“请技术部前往巴别塔，登录今日数据。”

不等技术总监回头，我抡起手包重重地击打在了他的太阳穴上。

“那是通往真正的巴别塔的，对吧？”我喘了口粗气，把他的身体拖拽到客用电梯门口堵住了门，转身脱掉高跟鞋朝走廊尽头跑去。

我从包里拿出了技术部加密的工牌，这是之前扶那位摔倒的工作人员时顺势偷来的。

如我预想的一样，在墙壁上举着卡摸索了一会儿后，随着清脆的声响，隐蔽的电梯门缓缓开启。我走进去，按下了仅有的按钮，门随即关闭。此刻，我闭上眼睛倚靠着电梯壁，微微地调整呼吸。

当我来到整个巴别最底层时，发现这里布满了电缆和仪器，而楼层的正中央是一汪硕大的水池，幽蓝色的，模糊不清。

一个男人背手站在水池的边缘，一动不动，像一尊雕塑，直到电梯门关闭后，他的肩膀才微微动了动，仿佛一直在这里等待我的到来。

“‘给我春天和盔甲，给我善良的骑士’。”提姆转过头来，侧脸在荫翳的蓝光里上扬嘴角，“好久不见，多罗茜。”

这么多年过去了，他的腔调还是一如既往地让我讨厌。

6

今晚的海边，很冷，我站在原地不停地搓手。

这里是一片无名的海滩，往纽卡斯尔的方向开去，在沿海公路的某一个拐口偷偷越线，然后压着碎石和杂草开下来。

这是大二的时候提米发现的地方，我和麦子经常到这里来坐着看海。

提米去脑神经科学实验室谈项目了，我借了他的车，又一次把麦子约到了这里。

身后传来了发动机的声音，一束暖黄的灯光把我的影子钉在海滩上。

“等多久了？”我扭头看去，麦子已经停好了车，笑盈盈地朝我走来。

“五分钟吧，没有多久。”我挠了挠头。

她并不买账，走到破丰田前探出手背抚了一下车盖。

“没说实话吧你。”她白了我一眼。

“冬天嘛，发动机凉得快……”我还想再说点什么，她握住了我的手，她的手总是很冷，但此刻却异常地暖和。

麦子拉着我坐在了她那辆的前车盖上，发动机仍然带着余温，我长长地出了口气。

“米凯拉不在意你又开她的车？”米凯拉是麦子的室友，一个小麦肤色的律师。

“都要回国了，很难再见面，我现在提什么要求她都会尽力满足我。”麦子有些骄傲地扬了扬下巴。

我点了点头，没有说话。

一阵沉默。

“你还没跟我仔细说过你的那个工作呢。”我咧了咧嘴。

“国内目前最大的新媒体公司，非虚构专栏主编，”麦子托腮看着远处漆黑的海，“按理说是不能空降主编的，但悉尼的老东家帮我写了介绍信。”

“哦哦，介绍信，介绍信好啊。”我从包里摸出了登喜路，刚刚叼在嘴里就对上了麦子的眼神，我只好悻悻地把它收回烟盒里。

“你们呢？你们的，世界大同项目，走到哪一步了？”麦子神色夸张地挥舞了两下手臂，逗得我直笑。

“不太乐观，融合所有的语言，这本来就是不现实的事情，即使是由提米这样的天才来主导。我们已经一年没有拿到经费了，要是再不弄出点成果，项目估计下半年就会被取消。”我有些无奈地叹了口气，“你知道我们系赫赫有名的大傻和二傻吗？”

“不知道。”麦子摇摇头。

“你现在知道了。”我同她握了握手，“你好，我是二傻。”

麦子哈哈大笑。

风继续吹，车盖的温度渐渐变得冰冷，麦子突然在风里轻轻地念叨我的名字，我回应着她，她却只是在叫我的名字，阿束，阿束，阿束。

“阿束。”

“嗯？”

“跟我走吧，”麦子扭头看向我，黑夜模糊了她的眼睛，但是有些东西仍然在流动，“我们回家。”

我低下了头，没有继续说话。

不行的，亲爱的麦子，我在做一件伟大的事情，没有回头路的事情，要是你能理解就好了。

麦子的轻笑打破了长久的沉默。

“明天也不来送我吗？”

“明天是系里的述职答辩，我和提米得到场。”

麦子点了点头，她起身回到车里发动汽车，暖黄的车灯照亮了我们脚下的路，以及一小片扑腾的海浪，就好像黑海里的星星。

“咱们好像很久很久没有一起看海了。”麦子的声音有些恍惚。

“大学毕业后就没什么时间了，都忙嘛。”

“你有听说过，柏拉图的双生人吗，阿東？”麦子轻轻拍了拍我的肩膀，“柏拉图说，原本世界上的人都是四手四脚，后来天神发怒降下了惩罚，把他们劈开，才变成了我们这样的人，我们不眠不休地思念着原本完整的另一半，寻找他们的过程被称作，爱情。”

我有些错愕地看向她。

“可是时间啊时间，时间磨平了一切，当人终于找到另一半的时候，他们悲伤地发现，已经没有办法完全理解另一半了。”麦子笑了笑，和以前不一样，她今晚老是发笑，“怎么会有巴别塔呢？我们不是同一个人，怎么可能让他人完全理解自己的心意呢?”

麦子说完这句话后就发动了引擎，轰鸣和起步的冲击让我一个趔趄摔了下去，在碎石滩上踉跄了好几步，最后狼狈地滚进了暖黄的海里。

“再见，陈束!”

她的声音从岸边传来，那束暖黄色的车灯开始缓缓地远离，转向，最后在引擎的轰鸣中离开。

我在重回漆黑的海里扑腾着，海水浸湿我的衣服，让我的牙齿打架。

“再见！再见！再见!”

我朝着远处的尾灯呼喊着，可海浪的声音比我的要大。

在冰冷的海里，我没来由地想起了很久很久以前提米的话。他说，并不是所有的信息都需要通过语言来传递的，有些东西即使不讲，也还是会想方设法从你的五脏六腑溢出。而他就是借此判断我爱麦子，他并不是真的感受到了爱，而是每次和她说再见时，我的身体里都溢出了悲伤。

那天晚上我好像感受到了，感受到了麦子也在悲伤。

我开车回家洗了个热水澡，水柱顺着头发滴落，我满脑子里都是麦子的话。

第二天的述职答辩，关系到我和提米的课题去留的命运，可我彻夜未眠，只能靠提米一个人和教授主任们争执。

争执，争执，争执。

我们失败了，项目会在半年内关停。

提米没有怪罪我糟糕的状态，他比我想象得要冷静，他总是这么冷静，没有歇斯底里，没有掩面痛哭，他很安静地坐在办公室的地上，身旁是堆积如山的资料和文献。

“没有什么想说的吗，史蒂汶？”他咧了咧嘴，“你自由了，可以追上多罗茜的脚步离开了。”

我看着窗外的夜空，没有说话。

提米随手推翻了那些摆好的资料走到了我的身边，接着从办公桌上抓起了两瓶啤酒。之前从未注意过，我诧异那里为什么会有两瓶啤酒，好像早就摆在那里，为了庆祝些什么。

“原计划用于庆功，我以为可以说动那些老家伙，”提米叹了口气，“我们一定可以成功的，一定可以，只是需要时间。要是他们能看到我脑子里的东西就好了。”

我仍然沉默。

“你说，要是人能像海水一样就好了，一滴，一滴，一滴，被大海包裹，又是大海本身。”

“可惜不行，你们不是同一个人，也不是海，你们没法互相理解。”我随口应付着。

是啊，不是同一个人，也不被海水包裹。

一道闷雷在我的脑海里炸响。

“提米，给我脑神经科学部负责人的电话。”

“什么？”他有些茫然。

"快他妈给我！"我提高了音量，他忙不迭地趴在地上翻找起来。

我接过他手中的名片拨通了电话，在和电话那头交流一番后，我安静地挂断了电话。

"站起来吧，提米，时间不等人，"我朝着门外走去，"还有座塔在等着我们去建呢。"

我跑出了伍利楼，可是并没有停下脚步，我继续向前跑着，就像昨天晚上的海浪，跑啊跑，好像永远都不会停下。

亲爱的麦子，你现在一定在云端，在天空中，你会想起我吗？会往下看到我吗？

"祝……祝……祝君，平安。"

我虚脱地倒在维多利亚公园的草地上，喘着粗气，天上的星星被我粗鲁的呼吸吹得直眨眼睛。

7

我怔怔地望着提姆，他站在水池旁，居高临下地看着我。

"就这样站着？都不考虑给老朋友一个拥抱吗？"提姆笑嘻嘻地张开了双臂。

“阿東在哪里?”我没有理会他，调整了一下心情后，冷冷地看着他。

“你既然能站在这里，那就说明你一定已经调查到了一些东西吧，多罗茜，”他收起双手，示意我走到他的身边，“和我讲讲吧，讲讲你都听到了什么故事。”

我没有立刻说话，只是看着他。

“来吧，来吧，又是我俩的对峙时间了，我俩之间总是会产生各种各样的对峙。”

“2018年，我们毕业，我去了本地一家网络新闻公司做实习记者，你和阿東继续读荣誉学士，然后又接着读博，研究课题是《世界语言融合和跨文化语言研究》，四年之后，你们留校任教，并继续着巴别语言系统的研发，”我朝他走去，“2023年，我决定回国，临走的前夜阿東和我道别，他告诉我研究遇到的困境，你们的项目已经进入了死胡同，根本要不到经费，也即将失去大学的支持。事实证明，世界上根本不会有可行的巴别语，你们失败了。”

“啊，我记得那个晚上，我在办公室苦兮兮地查阅资料，史蒂汶借走了我的车私会情人，第二天我发现车座全都湿漉漉的，他说你把他推进了海里。”提姆露出了回忆的神色。

“第二年的五月，巴别公司成立了，开始和主营脑机接口的独角兽公司合作，推出了巴别系统，旨在打破语言交流的障碍，让不同语种、不同文化背景、不同生长环境的人类可以完全理解彼此的心意，用理解消除争执和冲突。”我没有理会他的打趣，“同年十一月，巴别公司第二控股人陈束遭遇海难而失踪，根据陈束的遗嘱，你继承了他的股份，成了公司的最大控股人。”

“看来事情的真相，你都调查得很清楚了嘛，多罗茜。”提姆摊了摊手。

我什么都没说，从包里掏出了一沓复印件，扔到了提姆的怀里。

“这是什么?”他好奇地翻阅了起来，可是越翻神色越不自然。

“你似乎，说谎了啊，没有朋友的孤僻少年。”我笑了笑，“你并不是没有朋友，只是你的朋友们都受不了你而离你远去了。

“我走访了你的家乡，费了点工夫，不过最终还是找到了你说过的那些事件的经历者。”我沿着水池走了起来，“很有意思的是，在海量的恶性事件中，有一部分因你而起的冲突，最后都会有一个莽撞内向的孩子跑去制止，然后你们就会顺理成章地成为朋友。在你们成为朋友后，你会告诉他们关于你的那些故事，然后讲出那些和我还有阿束讲过的，一模一样的话。”

我播放着手机里一条又一条的录音，不同人的声音一遍又一遍地响起，他们的声音、语速、语调都不相同，但讲述的却几乎是一样的故事。

“麦克、格斯、拉娜、托马斯、瑞克，这些名字熟悉吗？”我把手机收回了包里，“就像是一场场反复排练的闹剧。”

“都过去这么久了，谁还没几个渐行渐远的童年玩伴呢？”沉默许久之后，提姆笑了笑。

“那，这个呢？”

这次是一个不一样的故事，提姆的脸色终于不再平静。

“我找到了当初那个骚扰我的男人，他不是我们学校的学生，也不是什么社会闲散人士，他是萨里丘一个酒吧的酒保，显然我给的钱比你当初给的要多得多，”我冷笑起来，“他说，是一个卷发的男人找到了他，给了他一笔钱后，希望他配合演一出英雄救美的戏码。”

提姆不再说话，只是安静地看着我。

“根本没有什么天煞孤星，也没有什么无心之举，一切的一切都是有计划的，就像是你在——”我顿了顿，“选拔什么人一样，选拔善良的人，不忍别人被伤害的人，他们因为性格原因会乖乖听你的话，会甘愿被你蒙在鼓里。”

他仍然在沉默。

“你手里的采访资料只是复印件，正稿和录音视频的备份，都在我同事那里，”我冲他扬了扬手机，“你现在，高兴吗，提姆·伍德曼？”

“还有什么要说的吗，多罗茜？”

“对了，阿束喜欢海边，但他讨厌大海，他绝对不会踏入可以淹没他的东西。”

提姆笑了起来，越来越大声，瘆人的笑声回荡在狭窄昏暗的底层空间。

“我的那些朋友没有告诉你，他们为什么会离开我吗？”

“因为你是个疯子，伍德曼，你是个想要掌控他们人生、不折不扣的疯子。”

“不，你错了，”提姆摇了摇头，“是因为他们，不够善良。”

我愣了一下。

“从人类开口讲话到现在，仍然存在长久的争端和口角，即使是在同样的背景下长大，说着同样语言的两个孩子之间，依然会不停地误解，不停地争吵。仔细想想就可以明白了，世界上当然没有可以打破人与人之间壁垒的巴别语，以前没有，以后也不会有。”

“你什么意思？”

“世界上没有巴别语，但是会有巴别塔，多罗茜，只要所有人，都是同一个人就可以了。”提姆从腰间掏出了一台小巧的平板电脑递给了我，“柏拉图的双生人，你给史蒂汶讲述的那个神话故事，还记得吗？”

我将信将疑地打开了平板，那上面有很多个视频文件，在提姆的帮助下，我又一次看到了阿束。

"Log 1，今天我们和脑神经实验室的同事们商讨了一整天，确定了我的方法是可行的，通过人工智能的开发，把所有输入的信息交由人工智能进行处理和模拟，换句话说，让人工智能作为两个交流终端的中介，把两人的对话转换成各自的视角下的自我对话，从而同步两边传输的信息并反馈重新处理过的信息，又或者说，在两个交流者中创造一个帮助他们把信息同化到自己思考格式的中介。这样或许不能让世界上所有的人都变成同一个人，但至少他们在交流的时候，会像是自己和自己对话那样流畅，A和B的对话会因为存在信息的损耗而导致传递不完全，那我们就在A和B之间加入一个处理器C，C在A的眼里是B，在B的眼里是A，C接收A和B的所有思绪和情感，并且在对方的眼中模拟出各自思维模式下的对话对象，把A和B的对话，转变成A和A、B和B的自我对话形式，以上。"

"Log 33，初实验成功，我们离巴别塔又近了一步。"

"Log 107，失败了，我们又失败了，理论框架可行，但技术层面无法实现，我们或许造不出可以完全处理人类思绪和心意的人工智能。"

"Log 247，今天，提米的话启发了我，我们之所以一直失败，只因人类无法完全模拟出自己大脑中接收和释放信息的神经元。那么，人类本身可以做到吗？如果一个人类，就是那个处理终端呢？"

“Log 876，成功。”

“Log 877，成功。”

“Log 878，成功。”

“Log 879，成功。”

“Log 890，成功，我们成功了。”

这些实验日志，仿佛是提姆精心为我挑选的。视频中，阿东的样子越来越憔悴，越来越枯槁，胡子和头发长了又短，短了又长，我捂着嘴，眼泪止不住地流下来。

“史蒂汶提出的理论、我们所追寻的联结，从来都是在输入和输出两个部分下功夫，忽略了传输的途中，”提姆走到了水池边的操作台前，“简单来说，只要世界上所有的对话、所有的信息都会在传输途中被同一个人接收，被同一个人理解，再被同一个人输出，是不是就相当于大家都在自己和自己无损耗地对话了呢？”

我有些眩晕地靠着水池坐下，一种不祥的预感让我眼前发黑。

“多罗茜，我给你春天和盔甲，我还给你，你善良的骑士，”提姆轻轻地说道，“接下来展示在你面前的是，巴别公司的001号服务器，世界上第一个，活体服务器。”

他按下了最后那个按键，整个水池的电镀玻璃突然变得清晰，水池里的景象豁然可见。

阿东浑身绑满密密麻麻的防水电缆，脸上带着供氧面罩，闭着眼睛，安详地漂浮在水池里。

我这才注意到，那根本就不是水，而是某种近乎水流的胶质液体，他被其完全淹没，一头长发已经被剃成了光头，上面是数不清的电触头和数据线。

“你知道的，你一直都知道只有这种方法……”我趴在玻璃上，怔怔地看着水池里被泡到发胀的阿束，声音哽咽到说不出话。

“是的，多罗茜，我一直都知道。至于你说的选拔，说对了一半吧。”提姆长出了一口气，“我的确是在选拔，可不是为了选拔容易被我掌控、被我驱使的人，而是善良的人，正义的人，他们拥有人类最宝贵、最无法被复制的东西。”

我扭头恨恨地看向他，因为不断掉落的泪珠，他的身形在我的眼里变得模糊。

“是同理心，多罗茜，只有同理心最纯粹的人，才可以作为巴别的服务器，才可以理解世界上所有人的心意，好人，坏人，纯真的孩子，恶贯满盈的杀人魔。”提姆轻轻地叹气，“我一直都知道修建巴别塔的唯一办法，至于装作蒙在鼓里，时不时地启发他……算我欠他的吧。只有让他一步一步地迷恋巴别的概念，让他自己提出这个方法，他才会真正地、毫无怨言地钻进水池。”

“你是个杀人犯！”我已经失去了理智，朝着提姆歇斯底里地扑了过去。可是当他抱住我的时候，我的身体开始变冷，我不可置信地往后退去，手上全是流淌的鲜血，我的腹部，插着一柄尖刀。

提姆一步步朝我走来，我继续往后退去，最后撞在了水池的玻璃壁上。

“欢迎来到，巴别塔，多罗茜，”提姆仍然嬉笑着，可面相在水池映射的蓝光里却格外阴冷，“现在，去追寻你的骑士吧。”

他低身抓住了我的小腿，用力把我掀进了身后的水池里。

那些奇怪的液体，冰冷又透明，我用尽余力拔着那些插在阿束身上的线，最后和他抱在了一起，红色的血液和蓝色的水波混合，变成了紫色。或许是色谱在沉淀，又或许是我的眼皮在打架，紫色越来越黑，越来越黑，仿佛变成了漆黑的海。

我想起了和阿束分别的那个晚上，我开着车远离他和海边。后视镜里，他一个人滑稽地在漆黑的海水里扑腾着，嘴里念叨着什么。我开过那个拐角后停下了，因为视线已经被眼泪模糊，什么路都看不清楚。

亲爱的阿束，对啊，人们要是能相互理解就好啦，这样你就会知道，那天晚上盖住你那句“再见”的声音并不是永远不会停下的海浪，而是我的泪珠。

THE MILLION-YEAR PICNIC

by

Ray Bradbury

▽

百万年的野餐

［美］雷·布拉德伯里 著 / 胡绍晏 译

雷·布拉德伯里，殿堂级文学大师、普利策奖得主、法兰西文学和艺术勋章获得者，最早入选美国科幻与奇幻名人堂的科幻巨擘，也是主流文学界最具影响的科幻作家之一。代表作有《火星编年史》《华氏451》等科幻名著，读者遍布全球各地，作品引进中国以来，很快成为最具号召力的美国科幻作家之一。

总之，这件事是妈妈提出来的：一家人或许可以来一趟钓鱼旅行，好好玩一玩。但提莫西知道，那不是妈妈的主意。那是爸爸的原话，妈妈只是帮他说出来。

爸爸一边在一堆火星碎石上踩踏，一边表示同意。接着是一阵忙乱与叫嚷，帐篷被迅速塞进了收纳袋里。妈妈套上旅行衣裤，爸爸用颤抖的双手填满烟斗，眼睛望向火星的天空。三个男孩大呼小叫地登上摩托艇，但除了提莫西，没人留意妈妈和爸爸。

爸爸摁下一个按钮，小艇的隆隆声直冲天空。水面摇晃着向后退去，小艇开始往前推进，一家人大声欢呼："好棒！"

提莫西和爸爸坐在船尾，注视着蜿蜒曲折的运河，他那几根细小的手指搭在爸爸毛茸茸的手上。他们乘坐小型家庭火箭船从地球来到此处，身后那片碎石就是降落的地点。提莫西记得离开地球的前一晚，全家匆匆忙忙地做准备。爸爸不知从哪里搞到一艘火箭船，说要去火星度假。这度假的路途未免太远，但考虑到弟弟们欢喜的心情，提莫西什么都没说。如今到了火星，他们说第一件事是要去钓鱼。

小艇逆流而上，爸爸的神情有点古怪，他的眼里有一种锐利的光，又像是松了口气，深深的皱纹仿佛带着笑意，而不是担忧或哭泣。提莫西对此感到不解。

他们拐过一个弯，那艘逐渐冷却的火箭消失了。

"咱们要走多远？"罗伯特的手拍打着水花，就像一只小螃蟹在紫色的水流中跳跃。

爸爸呼了口气："一百万年。"

"哇！"罗伯特说。

"看哪，孩子们。"妈妈抬起柔长的手臂，伸出手指说道，"一座废弃的城市。"

他们满怀期盼地望过去，但那是一座孤寂的死城，好像毫无生气地被笼罩在某位火星气象师制造的炎夏之中。

爸爸似乎很庆幸这是一座死城。

一堆荒废的粉色岩石沉睡在隆起的沙丘上，几根倒塌的柱子，一座孤独的神坛，然后又是绵延的沙地。方圆数里之内，空无一物。运河边是一片白色的荒漠，再往前则是蓝色的荒漠。

这时，一只鸟飞入天空，仿佛石子掠过蓝色的池塘，撞击水面之后便消失不见。

看到飞鸟，爸爸露出恐慌的表情，"我还以为是火箭船。"

提莫西望着深海般的天空，试图寻找地球。自他出生以来，那里就充满战争，到处是被毁灭的城市和互相杀戮的人群。但他什么都看不到。战争非常遥远，就像两只苍蝇在高耸而沉寂的拱顶大教堂里展开的决战，而且同样毫无意义。

威廉·托马斯抹了抹额头，感觉儿子的手抓着自己的胳膊，像是一只惊恐的小狼蛛。他对儿子露出笑容，"你觉得怎么样，提米？"

"很好，爸爸。"

提莫西还搞不清身边的大人究竟在想什么。他长着巨大的鹰钩鼻，脸上晒得脱了皮——炽烈的蓝眼睛就像地球上的孩子放学后玩的玻璃弹珠，又长又粗的腿仿佛立柱，杵在宽松的马裤里。

"爸爸，你在找什么？"

"我在找地球人的逻辑与常识，良好的政府，和平，责任感。"

"天上有吗？"

"没有，我没找到。再也不会有了。也许永远都不会再有。也许我们只是自欺欺人地认为这些曾经存在过。"

"嗯？"

"看那条鱼。"爸爸指着说。

三个男孩同时扯着嗓子叫嚷起来，他们伸长脖子观望，搞得小船一阵摇晃。他们发出哦哦啊啊的惊叹声。一条银环鱼一起一伏地从他们旁边浮游而过，然后突然吞下一嘴食物颗粒，那样子犹如收缩的瞳孔。

爸爸看着它，嗓音深沉而平静地继续说道：

"就像是战争。在游动中看见食物，便一口吞下。转眼间——地球消失了。"

"威廉。"妈妈说。

"抱歉。"爸爸说。

他们静静地坐着，感受渠水的流动，凉爽，湍急，清澈。唯一的声响只有马达的轰鸣、哗哗的水流，以及空气在阳光下膨胀的声音。

“咱们什么时候能见到火星人?”麦克喊道。

“大概快了吧，”爸爸说，“也许今晚。”

“哦，但火星人都已经灭绝了。”妈妈说。

“不，他们没灭绝。下次我就给你们看几个火星人。”爸爸立刻说道。

提莫西闻言皱起了眉头。一切都变得好奇怪：度假，钓鱼，还有大人的眼神。

另外两个男孩已经开始用小手遮住眼睛上方，眺望运河两旁七尺高的堤岸，寻找火星人。

“他们长什么样?”麦克问道。

“等你看见就知道了。”爸爸笑着说。提莫西看到他脸颊上透出了跳动的脉搏。

妈妈的身材修长柔韧，金色的头发编成一条辫子，在头顶盘成花冠状。她的眼睛就像阴影中又深又凉的渠水，近乎紫色，且掺杂着琥珀色斑点。你能看到思绪像鱼一样在她眼睛里游转——有的亮，有的暗，有的又快又急，有的悠闲缓慢。还有的时候，比如当她抬头望向地球时，眼里就只剩下原本的色泽，其他什么都没有。她坐在船头，一只手扶住船身侧沿，一只手搁在深蓝色马裤的膝盖处，敞开的衣领仿佛一朵白花，衬出晒得发黑的柔软颈项。

她一直望着前方，由于看不太清楚，便又回头望向丈夫。通过丈夫的眼睛，她明白了；他的眼神流露出坚定与决心，因此她欣然接受，脸上的表情松弛下来。她转回头，忽然间就知道了要找的是什么。

提莫西也在看。但他只看见笔直的运河透着紫色，穿过宽阔的浅谷，消失在天空的边缘，两旁是低矮风化的山丘。运河不断向前延伸，沿途的城市感觉就像装有甲虫的干枯头骨，摇晃之下会发出沙沙的声响。这里有上百座城市，在它们的梦境中，既有炎热的夏日，也有凉爽的夏夜……

他们万里迢迢来到此处——就为了钓鱼。但火箭船上有一门火炮。这是一次度假，可是火箭船附近为什么藏了那么多食物，足够他们吃上许多年？度假。在度假的面纱背后也许不是温和的笑脸，而是某种更加冷峻突兀，甚至令人惧怕的东西。提莫西无法掀开那层面纱，而另外两个男孩分别只有八岁和十岁，根本想不到这回事。

“嗨，还没有火星人。”罗伯特用双手托住尖尖的下巴，凝视着运河。

爸爸随身带着原子收音机，就系在手腕上。它的使用方法很原始：只要贴在耳朵附近的骨头上，它就会依靠振动对着你唱歌或说话。爸爸此刻正在收听。他的脸就像那些废弃的火星城市一样，干涸塌陷，毫无生气。

然后，他又让妈妈听。她惊讶地张大了嘴。

“怎么——”提莫西想要开口询问，却没有机会说完。

因为就在这时，出现了两声震彻骨髓的巨响，然后是一连串较轻的爆炸。

爸爸猛地抬起头，立刻加快了船速。小船跳跃颠簸，拍击着水面。罗伯特从沮丧中惊醒，发出恐慌的尖叫，而麦克却变得兴奋欣喜，紧紧抱住妈妈的腿，注视着湍急的河水从鼻子底下流过。

爸爸拨转船头，减缓速度，把船驶入一条小支流，停在一座摇摇欲坠的老旧石码头底下，周围有一股螃蟹肉的腥味。小艇猛地撞上码头，大家全都往前扑倒，但没人受伤。爸爸转过身，观察运河上的波纹是否会反映出他们躲藏的路线。水波穿过河面，拍向石岸，又反弹回来，彼此融汇，逐渐平息，在阳光下映出一片斑驳。波纹消失了。

爸爸仔细聆听。所有人都在聆听。

爸爸呼吸时的回声就像是拳头砸在了冰冷潮湿的岩石码头上。阴影中，妈妈用猫一样的眼睛注视着爸爸，想要知道接下来会如何。

爸爸放松下来，吐出一口气，自嘲地笑了笑：

“当然是那支火箭。我太紧张了。是火箭。”

麦克说：“怎么回事？爸爸，怎么回事？”

“哦，咱们刚刚炸毁了自己的火箭船，就是这样而已，”提莫西努力用见怪不怪的语气说道，“我以前听到过火箭爆炸。咱们的刚刚炸了。”

“为什么要炸毁火箭船？”麦克问道，“嗯？爸爸？”

“这是游戏的一部分，笨！”提莫西说。

“游戏！”麦克和罗伯特喜欢这个词。

“是爸爸安排的爆炸，万一他们来找的话，没人知道咱们在哪儿降落，也没人知道咱们的去向！明白了吗？”

“哦，原来是这样！”

“我被自己的火箭吓到了，”爸爸向妈妈承认道，“我太紧张了。我真傻，还以为会有别的火箭船。不过假如爱德华夫妇能够顺利抵达，那就还有他们的那一艘。”

爸爸再次将小收音机贴近耳边。片刻之后，他无力地垂下手，仿佛丢弃一块破布。

“终于都结束了，”他对妈妈说，“收音机收不到原子信号。世界上所有的广播站都消失了。前两年就没剩几个，现在它们全都停播了，也许将一直保持静默。”

“那会持续多久？”罗伯特问道。

“也许——你们的重孙可以再次听到。”爸爸说。他呆呆地坐着，孩子们察觉到他的惊恐、沮丧和无可奈何，也全都愣住了。

最后，他再次将小艇驶入运河，继续沿着原先的方向前进。

天色向晚，太阳低垂于天边，前方是一连串废弃的城市。

爸爸压低嗓音轻柔地跟孩子们说话。过去，他总是语调急促，显得疏远而难亲近，但此刻，他轻拍孩子们的脑袋，只言片语之间便能让他们感受到区别。

“麦克，挑一座城市。”

“什么，爸爸？”

“挑一座城市，孩子。我们经过的城市，随便选一个。”

“好。”麦克说，“怎么个挑法？”

“选你最喜欢的。罗伯特，提莫西，你们也一样。选一座最喜欢的城市。”

“我想要一座有火星人的城市。”麦克说。

“可以，”爸爸说，“我答应你。”他的话是说给孩子们听的，但他的眼睛却望着妈妈。

他们在二十分钟内经过了六座城市。爸爸没有再提爆炸的事；眼下，他最感兴趣的似乎是跟儿子们一起玩，逗他们开心。

麦克喜欢他们经过的第一座城市，但它被否决了，因为大家都对仓促的第一判断表示怀疑。第二座没人喜欢，那是个地球人的定居点，由木头建造而成，已经烂成了碎屑。提莫西喜欢第三座城市，因为它很大。第四座和第五座都太小，而第六座得到了所有人的好评，包括妈妈，连她也跟着大家一起大呼小叫，惊叹不已。

那里有五六十座巨型建筑依然屹立不倒，街道上虽然布满尘埃，但都铺设了路面，广场里还可以看到一两座古老的离心式喷泉，一阵阵地涌出水来。这是唯一的活物——夕阳下跃动的泉水。

“就是这座城了！”大家都说。

爸爸把小艇驶到码头边，然后跳下船。

“就是这儿，它属于我们了。从今往后，咱们就住在这里！”

“从今往后？”麦克难以相信。他站起来看了看，然后转回身，眨着眼望向火箭船降落的方向，“那火箭船呢？明尼苏达呢？”

“来。”爸爸说。

他将小收音机贴到麦克长着一头金发的脑袋上，“你听。”

麦克仔细聆听。

“什么都没有。”麦克说道。

“对，什么都没有。一切都再也不会有了。明尼阿波利斯，火箭船，地球，全都没有了。”

听到这一毁灭性的新闻，麦克开始轻声抽噎。

“可是，”爸爸随即说道，“我会补偿你更多，麦克！”

“什么？”麦克好奇地忍住眼泪，但假如爸爸接下来的表态跟先前一样令人不安，他随时准备继续哭泣。

“我要把这座城送给你，麦克。它是属于你的了。”

"我的?"

"还有罗伯特和提莫西，属于你们三个人。"

提莫西从船上蹦下来，"看哪，伙计们！这一切都是咱们的！"他随着爸爸的步调夸张地演绎。等到事态平复，他可以偷偷躲起来哭个十分钟。但现在游戏还在进行中，这仍是一次家庭远足，必须让其他孩子继续玩下去。

麦克跟着罗伯特跳出小艇。他们一起帮助妈妈下了船。

"当心你们的妹妹。"爸爸说，当时没人明白他的意思。

他们迅速进入那座由粉红色巨石构成的城市，彼此间轻声低语，因为废弃的城市总是让你想要压低嗓音，并看着太阳落下。

"大约五天后，"爸爸轻声说，"我会回到火箭船原本的位置，把藏在废墟中的食物带过来；我也会在那附近寻找伯特·爱德华以及他的妻子和女儿们。"

"女儿?"提莫西问道，"有几个?"

"四个。"

"可以预见，将来会有麻烦。"妈妈缓缓地点着头说。

"女孩……"麦克扮了个鬼脸，就像古老的火星石雕，"女孩。"

"他们也是坐火箭来的?"

"对，假如他们能顺利抵达的话。建造家庭火箭船是为了飞往月球，而不是火星。咱们能顺利抵达是件很幸运的事。"

“你从哪儿搞来的火箭船？”提莫西低声说，因为两个弟弟都已经跑到前头去了。

“那是我藏下来的。我藏了二十年，提米。我把它藏起来，只希望将来不需要用到。按道理，我应该把它交给政府，用于战争，但我一直忘不了火星……”

“还有野餐！”

“对。这是我俩之间的秘密。我意识到地球上的一切即将终结，于是，到了最后时刻，我就让大家收拾行装。伯特·爱德华也藏了一艘火箭船，但我们认为分开起飞比较安全，以防被击落。”

“你为什么炸毁火箭，爸爸？”

“这样就永远回不去了。另外，如果有坏人来到火星，他们也不知道咱们在这儿。”

“这就是你一直抬头观望的原因吗？”

“对，这很愚蠢。他们绝对不可能追踪我们。他们不可能追踪任何东西。只是我过分谨慎而已。”

麦克跑了回来，“这真的是我们的城市吗，爸爸？”

“这一整颗星球都属于我们，孩子。一整颗星球。”

所以，他们是山丘之王，是万物之主，他们统治着所有亲自勘察过的土地，是无可争议的君王和统领。他们站在那里，试图理解拥有整个世界意味着什么，也试图理解这整个世界究竟有多大。

夜晚很快就在稀薄的大气中降临了，爸爸让大家留在广场中涌动的喷泉旁边。他回到小艇里，返回时，一双大手中捧着一摞纸。

他将那些纸堆在一个旧庭院里，然后引火点燃。他们蹲在火堆边取暖，发出阵阵笑声。提莫西看到，那些细小的字母在被火光吞没时像受惊的动物一样跳跃。烧焦的纸张如同老人的皮肤一般皱褶，无数的字句被火焰包围：

“政府债券；1999年商务图片；短评：宗教的偏见；后勤的科学；泛美联盟中存在的问题；1998年7月3日股市报告；战事文摘……”

爸爸坚持要带上这些纸，就为了这个用途。他坐在那里，把纸一张张地送入火堆，并解释起其中的意义：

“有些东西我现在应该告诉你们了。这么多事一直瞒着你们，也许不太公平。我不知道你们是否理解，但我必须说出来，哪怕你们只能领会其中的一部分。”

他将一张纸扔进火里。

“我烧掉的是一种生活方式，而如今地球上的生活方式也已经被烧得一干二净。请原谅，我的话就像是政客。毕竟我曾经当过州长，那时候，他们痛恨我的坦诚。地球上的生活从来就不是很理想。科学走得太快太超前，人们迷失在机器的丛林里，就像小孩子摆弄漂亮的小玩意儿、小配件，然后是直升机和火箭；人们总是弄错重点，总是强调着机器，而不是如何使用机器。战争愈演愈烈，最终毁灭了地球。这就是收音机沉默的原因。这就是我们逃离的原因。

“我们很幸运。剩下的火箭船数量不多。现在该是时候让你们知道了，这并不是一次钓鱼旅行，抱歉我一直拖着没告诉你们。地球已经不复存在。行星之间的旅行至少要再过几个世纪才能恢复，甚至可能永远都无法恢复。但事实已经证明，这种生活方式是错误的，就像是被自己的双手扼死。你们还小，我每天都会跟你们解释一遍，直到你们理解。”

他停顿下来，继续把纸张丢进火堆。

“如今就只剩下我们了。只剩下我们和若干天后将要着陆的那几个人。但这足够让我们从头来过，足够推翻从前地球上的一切，开启一条新的道路——”

火焰猛蹿上来，仿佛是在强调他的话语。接着，所有的纸都烧光了，只剩下最后一张。地球上所有的法律和信仰都被烧成了一堆炽热的灰烬，很快就会被风带走。

提莫西看了看爸爸扔进火堆的最后一张纸。那是一幅世界地图，它在热焰中扭曲皱褶，然后噗的一声消失了，化作一只温热的黑蝴蝶。提莫西转过身去。

“现在，我要带你们去看火星人，”爸爸说，“大家跟我走。来吧，艾莉丝。”他牵起妈妈的手。

麦克大声哭泣，爸爸把他抱了起来。他们穿过废墟，走向运河。

运河。到了明天或后天，他们未来的妻子便会坐着小艇从运河上抵达。她们现在还只是爱笑的小姑娘，跟在父母亲身边。

夜晚降临时，星星出现了，但提莫西找不到地球。一切已经尘埃落定。这值得他们思考。

半路上，一只夜鸟在废墟间号叫。爸爸说："我和你们的妈妈会尝试教你们。咱们也许会失败，但我希望不至于此。咱们有许多东西需要了解和学习。许多年前，在你们还没出生时，我们就开始计划这趟旅程。即使没有战争，我们大概也会来到火星，按照自己的标准与方式生活。再过一百年，火星才会真正受到地球文明的毒害。当然现在——"

他们来到运河边。黑夜里，又长又直的运河微微反光，凉爽而湿润。

"我一直想见见火星人，"麦克说，"他们在哪儿，爸爸？你答应过的。"

"他们就在这儿。"爸爸说着转动麦克的肩膀，然后指向下方。

火星人就在这里。提莫西开始颤抖。

火星人就在这里——在运河里——在水面的倒影里。提莫西，麦克，罗伯特，妈妈和爸爸。

火星人从微微荡漾的水面上沉默地凝视了他们很久很久……

THE INVERTED TOWER OF BABEL

by

Wang Zhenzhen

▽

倒悬的巴别塔

王真祯

王真祯，青年科幻作者，作品发表于《科幻世界》、不存在科幻等平台，曾获2019年晨星奖最佳短篇小说奖，《倒悬的巴别塔》系2022年读客科幻文学奖金奖作品。

本文为《银河边缘》中文版专发篇目。

“同志你好，你也是，太空产业，开发计划的，第一期队员吗？我叫张浩宇，军衔少尉，很高兴认识你。”面前的男子一字一顿地说着，不顾周围疑惑的目光，向我伸出手。

“张浩宇同志你好，我是你的上级，特此来传达指挥部命令——先暂留地球，择日再行升空。” 尽管周围人的目光刺得我头皮有些发痒，我还是把身体绷得笔直，大声模仿军人的口吻，把我的最新一份求职简历投影在身旁，假装成军官证件。

“是！”他脚跟用力一靠，抬手向我敬礼。足力健的后跟碰在一起，发出轻微的闷响。礼毕，他还想整整军帽的帽檐，却只摸到了绒线帽柔软的边沿。违和的细节在他脸上只划下一道浅浅的疑惑，随后淡去，他的嘴角，又变回了属于军人的职业弧度。

“同志，上级已通知我你的家庭住址，并委派我送你回家。在没有收到进一步通知前，请不要擅自离开家门。”

“感谢上级的关心。”他又微微鞠了一躬，跟在我身后出了候车大厅，走向停车场。

上车前，他拉住我的袖子，说：“儿子，我又忘了你，是不是？”

我微微侧过头，避开他的视线，沉默了一会儿。这次他反应过来了，下次呢？

“下雨了，您别冻着。走吧。”

我的父亲张浩宇，是一位英雄。上世纪末，雄伟的“天梯”工程在印尼完工，标志着人类大规模进军宇宙的号角终于吹响。我的父亲打败了一百二十位优秀的同侪，获得了首批搭上天梯的资格，成为浩浩荡荡宇宙开发浪潮的那一点浪尖。在出发前，他还作为整个开发兵团的代表接受了媒体采访。他随口说出的“太空产业工人”一词，成了一代人的身份标签和自我认同。三十年过去，他尽职尽责，立功无数，奖章多到胸口都挂不下。

但英雄的背后，一定有人默默付出。一年，他平均有十个月在天上。一般来说，人们会因为一个人的在场而记住他。但在我的记忆中，关于他不在场的部分要多得多。奶奶过世的时候他不在，我的家长会他从没露过面，生日什么的更是奢求。在母亲的葬礼上，娘家人没给他一个好脸。除了定期汇到妈妈账上的巨款，他几乎缺席了我的整个童年。

不，说整个童年也有些过了。我至今还记得自己对他面孔的最初印象：一张很清晰的脸，但有些掉帧，被框在妈妈的手机屏幕里。那段时间我经常做梦，在梦中，太空光伏阵列反射出一层氤氲，笼罩着6.5英寸的太空。透过氤氲雾气，众多穿着红白制服的男人一齐转过头，慈祥地望着我，期待我叫他们一声“爸爸”。

另一件可以算作他参与我童年回忆的，是一个金属匣子，做得很精致，但没有任何标识，连哪里是正面都看不出。离开地球的前夜，父亲坐在我床边，把匣子放在床头。我躺在床上，很困，只瞥见他模糊的背影。他说，如果有一天，家里突然来了不认识的叔叔，就把盒子交给那个叔叔，他会有办法打开。后来，这个小铁盒成了我的玩具。年幼的我完全没有意识到里面装着什么。再长大一点儿，我进了太空工人子弟小学，发现班里的同学好像家里都有一个小匣子。放学后，我们聚在一起，尝试用各种办法打开它，但从没有成功。二年级的一天，班上突然来了一位不认识的叔叔，把一位女同学叫了出去。她再也没有回来，后来听说是转学了。我们不知道这件事和小匣子有什么关系，但总之，差不多是那段时间以后，大家就不再提起小匣子，并很快就将它遗忘了。

透过屏幕和年幼的我说话，坐在床边和我告别……我依然清楚地记得这些，但他，却一点儿也记不得了。

"确实是阿尔茨海默病，具体哪一型不好说，但可以肯定，现在大概发展到中期，按张浩宇同志在宇宙里待的时间来看，情况已经很好了。"

医生并不避讳结果，我和父亲都平静地点了点头。曾与父亲朝夕相处的太空产业工人，大多不是已经入土，就是和植物人没什么区别，相比之下，他的状况确实足够令人欣慰。

事实上，除了极低的经济效益，阿尔茨海默病也是宇宙开发戛然而止的重要原因之一。二十年前，众多退役的宇宙开发队员开始出现记忆衰退、认知紊乱的症状，脑部病变概率超出常人很多倍。经诊断，病灶几乎都集中在几个固定脑区，而最终被确诊为阿尔茨海默病的队员占半数以上。

之后的研究表明，这可能是长时间高剂量的深空辐射导致的，而这些影响在太空产业刚刚起步的年代，是不可能被检测到的。在宇宙工作，无论防护多么得当，各种辐射也不可避免。辐射导致的大部分病症都可以通过药物和射线疗法来治疗，但对仍然神秘的人脑海马体和齿状回，现代医学还是毫无办法。于是，那些昔日意气风发的英雄，许多都变成了口齿不清的老小孩，甚至说句话都要人替他们擦口水。

“那，我的认知能力还能维持多久？”父亲直接问道，像是在问一台机器的寿命。

“不知道，往短了说几周，往长了说几年。而且认知能力也不是一直下降的，有时你会发现自己重新记起了一些事情，找回了一些能力，然后再度失去它们。我曾经见过一个晚期病人手算微分方程，但这也说明不了什么。”

“好，那我可以做些什么来延缓这一过程？”

“平时进行适度的脑力锻炼，譬如阅读和写字，规律的生活，以及，最重要的是，您儿子的照护。”

“不，我想我可以……”

医生打断了他：“我知道你想说什么，你们这些太空工人都一样，非说内务要自己来。这样做的结果只会是，要么忘吃药，要么一天把药吃好几次。相信我，阿尔茨海默病就是要和家人一起对抗的病症，这不可耻。”

我们一起走出医院，父亲对我说，尽量不要管他，他能照顾好自己。我说好。

那天以后，他好像找回了军旅生活的一些习惯。

每天早上，他的起床号闹铃总是能把隔壁房间的我震醒。他七点半起床，叠好豆腐块，晨跑，然后喝一碗粥，配鸡蛋和榨菜当早餐。他刮掉了两鬓有些灰白的胡子，还买了把修眉刀，把凌乱的眉毛修整齐。下午，他会坐在窗台边看书，大都是宇宙开发相关学科艰深的教科书，有些甚至是他自己参与编写的。放在十几年前，这些都是大学生趋之若骛的显学。我大学时期就和这些教材死磕过，结果既没学明白，也对找工作没有帮助。单从生活习惯和质量来看，我觉得他很健康，我才是得病的那个。

但变化还是到来了。

砰！

瓷杯落下，碎片撒落一地，咖啡沿着地板缝蔓延开来。父亲疑惑地看着一地狼藉，仿佛在思考重力为何存在。骤然间他想起，这里是地球不是太空。我有些讶异，起身想要清理，却被他抬手制止。自己闯祸自己清理，他觉得这是他的尊严。

砰！

火苗席卷气浪，腾空而起，把厨房的白墙熏出一片黑印子。我急忙拿起灭火器一通乱喷。火灭后，破开乳白色的凝胶，是早已看不清食材的焦炭。这次，我实在没什么理由站在旁边看他拖地、刷锅。我们一起清理厨房，然后我帮他点了一份外卖。

砰！

我从床上猛地惊醒，背上冷汗密布。屋子很安静，但我的脑中似乎仍有一声巨响在回荡。还好，只是个噩梦。我悄悄摸进父亲的房间，他的鼾声很平稳。打开他的抽屉，在整齐摆放的笔记本中间，躺着一把老式实弹手枪，枪身右侧有明显的抛壳口。我不懂枪，但记得很小的时候，父亲和我提过，为了不制造太空垃圾，他们的配枪打的都是无壳弹。我摸索了一会儿，偷偷卸下所有子弹，把枪放了回去。

“我昨天问医生了，他说，您一天可以咪几口。”我坐到父亲对面，给他倒上一小杯。我没怎么见过他喝酒，但我看过一些小说。在那些故事里，不管父亲是农民、工人还是老板，父子和解总离不了一杯酒。

“在太空，我们不碰酒，有什么事儿你直说。”他把书倒扣在腿上，两肘撑膝，看着我。

“没什么事儿，就想听您讲讲，您在太空里的故事。”我自己呷了一口，试探地说。

“你可以去看那几部纪录片，我在里面讲了不少。”他的声音很平静。

“我想听点儿没听过的，对您也权当个锻炼。”我笑了笑。

他把书合上，低头默默坐着，半晌才开口：

“我……有个战友，老余，人很高，梳一大背头。他当时是我的副手，我们一起执行‘带舱外连’。”他努力回忆这些细节。

“哦哦，我记得他，他小时候来过我们家，我还骑过他来着。”

“啊……有吗？”他忽然被我打断思路，讲述戛然而止，转而努力回忆我说的细节。

“有过，在我五岁生日那年，余叔叔和程叔叔一块儿来的。”

“哦，哦对，你一说老程，我就想起来了，是有这个事儿。”他点头道。

我知道，他是装的。五岁生日那年，来的只有老余。

“那，余叔叔之后的故事呢？”

“他死了。”

“死了？”

“一次出舱的时候，他的RCS系统[1]出现故障，一组喷口突然失控，关也关不掉。他开始自旋，被引力捕获，一点点往下掉。我们来不及救他。最后，他自己把头盔摘了。”

---

1. 一种用于调节航天器或火箭的姿态和轨道的推进系统。

……

“我没别的意思，就觉得和他们相比，我今天这样其实已经挺好的了。”父亲也呷了一小口，想缓和一下气氛。

“您没后悔过吗？”

“从来没有。”

“我不信。”

“为什么？”

“前两天，打扫房间的时候，我看过您的抽屉。”

父亲愣住，似乎在苦苦思索我说的是什么。突然，他一惊，仿佛闯了祸被发现的孩子，“你翻我东西？”

“我是第一照护者，这是医生授予我的权利。或者用你们的话说，这叫纪律。”我早已准备好说辞。

父亲坐回椅子上，沉默良久才开口道：“我真的没有后悔过。”

“哪怕像现在这样吗？您为自己准备了一把枪，却差点想不起来。”

“是的，即便如此。出发前，我就做好了准备。”父亲反倒平静下来，“个人的记忆是很渺小的，但总会有人记得我们。”

“他们会记得什么呢？经历了太空开发失败，您期待他们记住什么呢？他们只会觉得，太空开发是你们盲目自大的结果。你们以数代人的未来为代价，造那个大而无当的天梯，只是为了拎着自己的头发，让自己脱离地球！”

“不可能！历史会为我们正名！”

“历史……可能再没有什么历史了，至少人们不认为会有。”我在身前投影出一本书《论历史之终结与末代人类》，这是当下最畅销的作品。我扫过一眼前言，作者从一位百年前学者的理论中得到了灵感。在这位学者所处的时代，这个理论被沦斥为笑柄。但在这本书中，那位学者被尊为伟大的预言家。

“别整天看那些奇谈怪论。”他的声音提高了些。

“我又没得老……认知障碍！您别管我！”我跟着提高嗓音。

“我，我……”他正要反驳，却突然卡了壳。半晌，他终于放弃，抄起酒盅一饮而尽，随后重重地敲在桌上。我们的沟通不欢而散。

冷静下来后，我感到莫名其妙。我为什么要和他争？有什么重要的问题，值得这样争？于是，我找他谈，可他一头雾水，根本不记得发生过争执。

之后，我又让他讲以前发生的故事，其中少部分极为惊悚，是他的战友牺牲的故事。被碎片砸穿脑袋、被缆绳击中……太空中的死法千奇百怪，死状凄惨无比，新闻绝对播不出来。唯一值得安慰的是，基本上不会给死者留下痛苦与懊悔的时间。

剩下的故事就传统得多。他给我讲他如何挽救了一场本可能载入史册的事故，如何拆除安置在天梯内侧的炸弹，讲如何忙里偷闲地在太空中看着地球寻找自己的家乡，讲那片令他百看不厌的壮美星河。我只能对其中的小部分感同身受，但我不得不承认，即使他真的被宇宙怪物吃掉，他也已经度过了一段充实而有意义的人生。

不过，对我而言，这样的日子还没持续多久，就被一通陌生来电给打断了。

来电者声称他是“天梯管理委员会”的人。他说，宏伟的天梯即将被拆除，委员会可以为我在这个项目中提供一份工作。我骂他是骗子，他说没关系，如果考虑好了随时欢迎回拨。

第二天上午，我和父亲在电视上看到了“天梯拆除计划”的新闻发布会。

如果要论功行赏，父亲所在的太空开发时代能如此繁荣，有一半的功劳要归于“天梯”。今时今日，生活在大萧条中的人们早已想象不出，当时先辈是如何组织起如此庞大的人力物力，建设这座奇迹工程的了。天梯把天地往返的成本缩减了95%，把地月往返成本缩减了80%，并实现了普通人也能前往太空的愿景。当时的人们不吝言辞地称赞它，说它像长龙直上九天，如飞虹直射云霄，是建成了的巴别塔，是通向人类应许之地的奇迹之桥。

然而，经济寒冬到来，太空开发戛然而止，天梯的运量迅速萎缩，在两年内缩减到只剩鼎盛期的1%，它的维护成本却不变。

于是，它成了一笔难以想象的负资产。到十年前，它的旅游收入竟然超过了运费收入，成为全球最烧钱的旅游景点。即使经过多轮改组，天梯的维护成本依然完全无法降低。曾有家公司把天梯内部用于监测应力变化的无人机队削减三分之一，结果直接导致了一次二级事故。更糟的是，对天梯进行定向爆破，又是一笔巨大的开支。没有哪家财阀愿意当这个冤大头。于是，事情就这么半死不活地拖着。唯独可以肯定的是，还等不到下一次太空开发潮，人类社会就会因为这条顶天立地的吞金巨龙而崩溃。

时至今日，问题已经到了不得不解决的关头。全球的几家大财阀终于罕见地联合起来，组建委员会，提出了一个最简单的拆除方案——只拆平流层以下。

在一般人看来，天梯是一座拔地而起的高塔，顶端在太空。但就工程角度而言，它更像是从同步轨道垂下来的一根绳子。在印尼上空三万六千千米，是天梯的中继站。从那里开始，天梯向两端延伸，一端通往地面，另一端通往深空。

事实上，天梯超过一半的维护成本都用在了靠近地球的一侧，海拔低于二十千米的对流层区域。这个区域的结构设计要承受海雾、台风，甚至中近距离的核爆冲击波。而拆除天梯的主要成本，都将花在万米以上的部分，因为从那里产生的太空垃圾坠落散布难以预测，同时又不会被大气燃尽，很容易酿成大祸。

而财阀委员会的方案，就是拆除天梯两端各二十公里的部分，使它成为一颗“同步轨道卫星”，之后的成本就是用霍尔推进器维持它的轨道平衡，这样就能在后果可控的情况下，一次削减95%以上的成本。这是一个非常现实的方案。

即使患有阿尔茨海默病，父亲理解起这个方案也比我快得多。他暴跳如雷，当场关掉电视，摔了遥控器，然后一个人坐在那儿生闷气。我没告诉他，有人想借这件事为我提供一份工作。生这种气对他的病情不好。

犹豫了一下，我还是回拨了那个电话，并安静地听完了对方的要求。

简单来说，他们想让我当个吉祥物，或者说，“被太空开发的大时代遮蔽的少数人”。我只需要在天梯拆除工程的开幕式上做一个简短致辞，痛陈一番宇宙开发计划如何把父亲从我的童年中夺走，再抱怨一下如今照护一位痴呆老人有多么辛苦，抒发一些二三四五手的廉价批判，最后呼吁人们把目光放回地球，为他们拆天梯找点合法性，就这么简单。短短三分钟的誓词，就可以轻松挣来我工作三年的收入。

星星很高，钱财很低。但时代的趋势不可阻挡，经济状况每天都在恶化，抬望星星在这个年代太奢侈了。

最终，我答应了，瞒着父亲。

看过天梯拆除发布会之后，父亲的情绪变得很低落，书看得越来越少了，身体状况迅速恶化。我仍每天让他给我讲故事，但他讲得一天比一天少，有时候还会重复之前讲过的故事。

又过了些天，故事的人物、时间和因果也解离开来，被他排列组合，变成很多不同的版本。他每说一次，都会漏掉一些东西，又补充进一些新的细节。我好像看着璀璨的银河逐渐扭曲成凡·高的《夜空》，再变成一团颜料块儿，最后混成画家涮笔筒里那种统一的棕灰色。到最后，他开始不断重复一句话，或是在某个形容词上卡壳半天，而自己对此毫无察觉。当他反应过来，又会变得非常暴躁，拼命拿拳头捶自己的腿，或者捶桌子，嘴里咕哝着脏话，直到片刻之后忘记这次挫败。

但不论怎么努力，他都再也讲不出一个完整的故事了。

直到那一天，我和他出门散步，没有任何征兆地，他拐了个弯，离开了我的视线。当我意识到他消失时，已经过去了将近五分钟。我打开导航，跟着定位找他，却只找到了被他扔在路上的手环。上层的霓虹投下晃眼的光晕，车来车往发出震耳的轰鸣。我开始发慌，急忙联系主治医生。

“放心，在晚期阶段，这是常事儿，十有八九是去了最近的天梯站台。你去那儿应该就能找到。”

我确信，医生指的不是马上要被拆掉的那个“天梯”。

在父亲那个年代，天梯是“太空电梯”。而如今人们讲的天梯，则是一套完全不同的、行将过时的垂直铁路系统，它是用生产太空电梯的过剩产能建造的，曾用以支持拥挤的蜂巢都市运作。它们大多只有几百米高，用了一部分天梯的技术，连接起地面与上层的金融城和富人区。至于它们的过时，也不是因为技术的进步，而是因为贫富分化的加剧，人们逐渐失去了在巢都上下层间迁移的需求。

除了设计类似，它们和本尊几乎没有任何的共同点。妄称“天梯”的它们犹如蚍蜉之于巨树。但就是它们，把曾经四万米高的辽阔天空，拉低到区区几百米的距离。

我来到天梯站台，看到了父亲，他正襟危坐地盯着红底白字的大屏幕，好像正在找自己要坐的车次，又好像在等一同出发的战友。他身上久违地散发出一种平静而恬淡的气息，让焦头烂额的我心中又添了一把无名火。看到我火急火燎地出现在面前，他反而有些惊讶。

“爸！你怎么回事，怎么把手环丢了？”

我的质问把他拉回现实，平静的情绪再次激荡起来。他低下头默不作声，半晌，他说：“我不想被忘记。”

之后，类似的事件又发生了几次。我从医生那儿学了一套话术，装作是他的领导，把他连哄带骗地拖回家。

“基本可以确定，已经发展到晚期阶段了，比我预计得要稍微快一些，但这并不是你的错，有些事是挡不住的。”

尽管医生这么说，但我仍感到有些愧疚，父亲则端坐在旁边，板着脸，不知在想些什么。

“那，去天梯是……”

“很多退役宇航员的病情发展到晚期都会有类似症状，其实也很好理解。那是一生中的高光时刻，他们当然会牢牢地记住那一天，他们会本能地寻找视野里最高耸的建筑，然后走过去。在遗忘的虚无海洋中，这往往会成为他们最后的救生圈。”

父亲的表情古井无波。

“我现在还有什么可做的吗？”

“恐怕在关怀方面已经没有了，剩下的只有身体上的照料，比如换尿布之类的。说实话，到这个阶段，如果经济实力允许，我个人建议你把父亲送进养老中心，护工会给予他更专业的护理。繁重的照料工作如果没有回报，对人的消耗是非常大的。”

“我也考虑过这一点，但他或许并不想……”

“他现在已经很难感知到这一点了。放心，孩子，你已经做得很好了。”

父亲转过头看着我，似乎有话要说。

“哦，还有一件事。我记得，每次在天梯站台找到他的时候，他都显得很平静，甚至看上去有些高兴。我要时常带他去天梯站台逛逛吗？”

“如果这样能使你感觉好一些的话，大可以如此。但恐怕你父亲不会有什么特别的感觉。”医生摊摊手答道。

“好的，我会这么做的。”

“哦，你倒提醒了我。”医生翻出一篇颇有年月的推送给我看，“推荐你一家阿尔茨海默病专业护理中心，是由废弃的天梯站台改造的，专收老太空人，开了有好些年了，价格尚可，反响也不错。你或许可以考虑送他去那儿。”

“谢谢您，不过我还是想尽量自己来。”

面诊很快结束，在离开诊室前，父亲终于想到了他要说什么。

“叔叔你好，你是谁？”他拉住我的手，微微的颤抖传递过来。

终于，我承认，医生是对的。

之后，在父亲脑子清醒一些的时候，我和他又谈了一次话。他以一种军人式的口吻要求我把他送到护理中心。在我经不住软磨硬泡答应他之后，他又像个小孩子一样，直接“耶”了出来。

父亲坐在轮椅上，我推着他登上了山丘，望着不远处的天梯——是真正的天梯。那些资本集团想让我过来踩个点，熟悉一下典礼流程。我顺便带上了父亲，趁他偶尔意识清醒的空当，想让他最后近距离看一次天梯。

岁月的风霜在天梯上留下了许多痕迹，即使开了夕阳金色的滤镜，大量锈蚀的非结构件也还是戳破了怀旧的幕布，突兀地扎着人们的眼睛。无关紧要的静音结构早就脱落，空气撞上天梯的棱角，不知在高处搅成什么形态的湍流，发出令人胆战心惊的无规律碰撞声，仿佛临终的呜咽。

很快，我们眼前所能看到的部分，就会在一连串精心设计的爆炸中化为乌有。父亲仍然怔怔地看着，我抬起头，估算着距离。天梯拆除之后，在这么近的距离就很难感受到它的存在了。相反，在天朗气清的白天，人们应当可以从天边看到它。更为震撼的，应该是在夜晚，一条细长的黑线穿过银河，在黑天鹅绒般的夜色中清晰地勾勒出自己冷峻的轮廓。

我不免想到一个很有名的巴别塔传说——人们齐心协力建造高塔，只为了想办法接近他们的神明。我们建成了巴别塔，然后发现神并不在那里，于是，我们要拆掉它。

我想象着天梯拆除后飘浮在天空中的样子——就像是倒过来的巴别塔，从无限高、无限远的地方悬垂下来，刺破天与地的隔阂。可它用尽全力，却怎么也触碰不到人间。

低下头，父亲仍在注视。我想走，他拉住我的袖子。于是，我给他披上我的风衣，盘腿坐下，静静地陪他。

渐渐地，远方的天空出现了一两颗星星。我不知道它们的名字，如果父亲清醒着，恐怕一眼就能认出它们。父亲拉着我的手，时不时发出两声无意义的呢喃。我挺起身看着他的面容。夜色昏暗，他的眼窝深深凹陷下去，双眼却一片清澈。

此时，我有些恍惚，好像自己正看着一个孩子，看着父亲的童年。医生说，父亲现在的脑功能应该只相当于五六岁孩子的水平。那现在，他在想什么呢？他从星空中看到的，是自己数十年的太空产业工人生涯？是沉重的历史？还是说，像自己小时候一样，他正在默默憧憬着，等长大了之后，要坐着天梯，飞向太空？

他又发出一些声音，好像想表达什么，但终究没有说出句子。在无人的山丘上，这些声音却似乎被风裹挟，跨越时间，带来无限丰富的含义。当我们的先祖第一次抬头仰望星空时，是否也发出了这样的声音呢？

当我的思绪从浩瀚的星空返回现实，父亲的呢喃也已经停止。他的身体微微躬向前，双臂支撑起自身，像是在沉思。

在天梯脚下的夜色中，这位太空工人平静地停止了呼吸。

一个精致的小金属匣子摆在我面前。

我在父亲的遗物里找到了它，应该是他趁清醒的时候偷偷藏起来的。从小学二年级以后，我就没再见过它，但我很清楚，这就是我记忆中的那一个。小时候，我不知道里面是什么，但现在，我做好了准备。

用父亲的退休卡一刷，再轻轻一扳，盒子应声打开。盒中放着的，是层层叠叠的纸，以及一张黑白照片。纸上写的是遗书，从他初上太空，到退役，两年一份，字迹整齐，句段错落有致。

第一份遗书写于他上天之前，只有一句诗：

青山处处埋忠骨，何须马革裹尸还。

真有他的。

第二封遗书，也就是登上太空两年后，有了他自己的内容。

……你可能会对爸爸没有印象，但要记得，爸爸爱你……第二封，一百多字。当时我刚学会说话。

……九九乘法表背得很快，要表扬。我能看出来，你有数理天赋，不要浪费掉，好好学习，长大代替爸爸，来宇宙工作……这是第三封，三百字。我还在上幼儿园。

……要好好照顾妈妈，她为了我们的家奉献了很多，我死得这么任性，男子汉的责任就落到你肩膀上了……这是第四封，五百字。我上小学了。

……前天，去见了老余的家人。我真没种啊，一句话都说不出来，最后只能大家抱着一起哭。晚上整夜睡不着，感觉写什么都是苍白的……这是第七封，他很内疚，几乎全篇都在写老余的死。

……不要怪妈妈，她做得很对，会这样都是我的错。你要跟着她好好生活，长大了做自己想做的事情……这是第十封，那年我二十岁，妈妈选择了离婚。

……*老程也开始有点说不清楚话了。说实话，你们能看到这个，我还挺高兴，死得干脆，不会像老程一样还要麻烦你们*……这是第十四封，他在岗位上的最后一年。

读完这些，我大口深呼吸，逼着自己不流出眼泪。

他常说，一代人有一代人的使命。我原先不信这话，我以为这代人的使命就是见证历史的终结。但此刻，在印尼陪父亲看天梯时的理解与共情，似乎转化成了更难以言说的情感——我该为他们去做点什么，后来者应当记住他们。

我拨通了委员会的电话。

三个月后。

"……委员会表示，将在天梯拆除后的剩余部分，建立一座'太空开发历史博物馆'，半永久存放太空工人们的遗物，包括他们的遗书、太空服、各类设备等。据称，项目最初的提议者就是一位太空工人的儿子，他希望人们能……"

我松了口气，他们听从了我的建议。毕竟对他们而言，不用花什么钱，就能用太空开发遗老们的情怀再赚一笔，为自己再添一层合法性，何乐而不为呢？

北风萧瑟，点点秋雨穿过分隔城区阶级的蜂巢状天穹，落在市中心虚幻的喷泉投影上，激荡起阵阵半虚半实的涟漪。我站在屋檐下，凝视着头顶滚动的新闻画面，站了许久。

转身离开时，看见一个孩子正缠着妈妈，问天梯是什么。我吐出一口白气，抬头望天，星空璀璨，仿佛父亲清澈的目光。

MORE THAN THE SUM OF HIS PARTS

by

Joe Haldeman

▽

不只是器官总和

[美] 乔·霍尔德曼 著 / 彭健雅 译

乔·霍尔德曼，美国著名科幻作家，曾多次获得雨果奖和星云奖。他是科幻经典著作《千年战争》的作者，以及1990年世界科幻大会的主宾。

2058年8月21日

他们说，在我适应新身体的期间，应该详细记录自己的感觉和感受。为此，他们给了我一种专供盲人写作的工具，类似于一个带有引导线的平板。这用起来还是多少有些别扭。但如果给我一台录音机也没什么用，因为在一段时间内我没有嘴巴，也无法两眼一抹黑地单手打字。

醒来无痛。这很有趣。我诧异于现在离事故那天只过去了五天。需要声明的是，我是或者说我曾经是——威尔森·契瑟姆博士——一名高级质检工程师，在美国钢铁公司的天空场站工作。那是一座高轨道设施，为月球轨道内的社区生产泡沫钢和气相沉积材料。不过，如果你正在阅读我的日记，你一定知道这些。

五天前，我在检查铝沉积设备的时候遭遇了严重的事故。喷气式座椅上的控制器出了小故障，我突然被座椅弹出，径直飞进了带电的铝蒸汽宽束中。它非常烫。虽然他们在一秒钟之内就关掉了设备，但那一刹那也足以让这束铝蒸汽破坏我的防护服，烤熟我全身百分之七十五的部分。

显然当时在我旁边就有一只救生舱，只不过，那时我已经不省人事了。他们告诉我，我的心脏在受到冲击之后便停止了跳动，但他们成功地把我救了回来。我失去了左腿和左臂，同时也失去了我的脸。我也没有了下巴、鼻子和外耳。我勉强能听见声音，并在大约一周之后会拥有一双眼睛。他们声称会为我打造睾丸和阴茎。

我肯定被注射了足量的情绪稳定类药物。我感觉自己太过平静了。如果我还是我，无论哪部分存活下来，我都会抵抗这种把我变成无性半机器人的屈辱行为。

啊，好吧。这会是一台可以自我了结的机器。

2058年8月22日

很多天来，除了昏睡的时间，我无时无刻不感觉浑身疼痛不已。我住在慈怀医院的无重力病房里。他们把我身上的死皮一点一点剥下。不幸的是，麻醉剂的效力是有限度的。这操作让我疼得想尖叫，却发觉自己并没有声带。他们最终决定不再尝试挽救我的胳膊和腿，这给我省去了些许痛苦。

当我能够听清对话时，他们向我解释道，美国钢铁公司非常珍视我的服务，公司愿意为我做最先进的赛博格改造手术提供经济支持，一半的费用会由月球上的端口生物科技公司承担——那家公司里的每位员工都可以因为公司承担了我的改造费来抵税。

然后我就拿到了配件目录。第一项，新的胳膊和腿。这算相对常规的标准。（我曾经和一位有两只机械臂的女士共事。我花了几周时间才能在看见她时不产生怜悯和反感。）接着，他们试图给我打造可以使用的下巴和嘴巴，这种工艺还是很少见且不完善的。他们还要为我重建气管、声带和食管。我将可以说话和喝水；却不能以正常的方式吃饭，只能吃某些软质食物，因为他们还无法制造唾液腺。他们也没法做出任何一种黏膜——这倒是彻底治好了我的慢性鼻窦炎。

令人吃惊的是，至少对我来说，阴茎的重建是一项相对简单的操作。他们对此已经有过很多次实践。男人们总是喜欢把自己的阴茎放进不属于它们的地方。他们对于我的案例尤为兴奋，因为这次的挑战在于，恢复功能性的同时也要恢复知觉。我的前列腺毫发无损，他们似乎对于把它连上与射精有关的复杂神经系统这一点非常自信。据他们所说，恢复排尿能力是小菜一碟。

（负责泌尿生殖改造阶段的生命科学技术员和我聊了一个多小时，详细介绍了很多我没必要听的可怕细节。好像在有任何机械替代品出现之前，他们有时也会进行替换受伤阴茎的手术——锯下一小段肋骨并移植到那里，然后用来自身体其他部位的皮肤包裹住它。接受这种手术的人被赋予了永久的勃起，只不过不幸的是，它的样子很古怪，感觉也异常迟钝。但是我的假体看起来将会非常像真的家伙，并且虚拟牵引技术和仿生接口的技术进步也应该可以给它带来逼真的反应模式。）

我不知道该对这一切有什么感觉。我希望他们不要碰我血液中的化学成分，这样我才能有一些真实的悲伤、恐惧，或是别的情绪。总好过这平静的等待。

2058年9月4日

我昏迷了十三天，终于在醒来后发现自己有了眼睛。新的胳膊和腿都已就位，但还使不上力。我很好奇自己的眼睛是什么样子。（他们在我有一张完整的脸之前是不会给我镜子的。）这眼睛感觉起来像是湿玻璃珠子。

新的眼睛非常高级。我有一个控制盒，上面有两个旋钮可以用来改变“原始模式”，也就是正常视力。其中一个旋钮能让我自主控制瞳孔的扩张，所以我在一片漆黑中也能看见。或者如果我有什么特殊需要，也能直视太阳且不会感到任何不适。另一个旋钮可以改变眼睛接收到的光的频率，所以我可以用红外线或紫外线视野看东西。这间病房在紫外线下看起来没什么不同，但在红外线中却有完全不同的一面。房间里的大部分照明都来自墙上的发亮光带，散发着热量。我那只真实的胳膊显现出动脉静脉那花式窗格般的脉动。另一只胳膊在红外线中，当然除了反射出的深蓝底色外，什么也看不到。

（后来）奇怪的是，我没有意识到自己在月球上。我以为我是在慈怀医院的一间低重力病房里。然而当我睡着的时候，他们把我转移到了地处月球的生物科技公司。我本该早点想到这一点的。

2058年9月5日

他们启动了我的“沟通臂”和“机械腿”，开始进行模式化练习。我被要求去想一个特定的动作，并且当我想用自己的左边肢体做该动作时，要用右沟通臂或者右机械腿做相应的镜像运动。这种训练可以帮助赛博格元件产生类似疼痛的感觉，尽管它并不类似于任何真正的肌肉疼痛。也许电路正是通过这种方式造成系统过载的。

当这段训练结束时，我能够不借外力就握紧拳头，尽管这种握力连一支铅笔都还握不住。我依然抬不起腿，但已经可以活动自己的脚趾。

今天他们移除了从肩膀到臀部的绷带。这通过试管培育出的皮肤看起来比我预期得要真实很多。它没有毛发，微微有些光泽，和我自己的皮肤颜色完全匹配。但在红外光下，它看起来又有些不同，比我本身的皮肤颜色更加匀称。我猜是因为这皮肤还没有经历四十年的衰老。

检测我的适应程度时，技术员狂热地夸赞这只手臂有多么厉害，实际上这是一组机械臂。我正在用“沟通臂”练习，它看上去比十年前我同事的机械臂要逼真得多。(毫无疑问，这是因为钱而不单单是科技的进步。) 我还没见到我的“工作臂”，它将由全金属打造，能够穿在航空服外面。除了有这两只机械臂，我还能同其他种类以及为了不同功能而量身定做的远程操控手互动。

很幸运的是，我的左右手比普通人的双手都更灵活。右手腕在二年级时骨折过，一直到三年级都在不断复发，所以我学会了用两只手写字。一直以来，我用左手写字相比右手，笔画还能写得更清晰。

他们声称正在给我减少药量。如果这是真的，我似乎适应得不错。话说回来，我先前也没有任何类似的经验作为比较的基础。也许这份平静不过是我内心歇斯底里的伪装。

2058年9月6日

今天我能够打一个简单的结了。我可以轻轻勾勒出字母表中的字母。虽然涂得又大又幼稚，却看得出是我自己的字迹。

我一直在平行杆之间用手支撑着自己来练习走路。（缺乏手部力量是神经问题，不是肌肉的问题；当神经联结被固定，这只机械臂和机械腿就会像机械拐杖一样强壮。）练习的时候，欣赏人们进屋瞧见我的反应很是有趣——在意识到自己正被两个嵌入大捆绷带中的冰冷镜头审视时，他们可吓坏了。他们并不是拿工资的专业人士，并不需要隐藏任何恐惧。

明天他们会开始重建我的脸。在超过一周的时间里，我都将基本毫无意识。他们说，现阶段的肢体建模将会在我的睡眠之中继续进行。

2058年9月14日

当我还是个孩子的时候，妈妈总会小心翼翼地让我做“正常”的事情。每一个万圣节，她都会帮我装扮好，陪着我去高楼里讨那些我并不想要的糖和我并不需要的钱。有一次，我不得不戴上一个当时很受欢迎的童星面具。那张紧贴脸庞的塑料面具包裹住了我的整个头部，把我胖乎乎的五官挤得更符合某种程度上的柏拉图式理想儿童美学了。那是我的最后一个万圣节，我让她丢人了。

现在的这张脸就跟那时很像。无法否认这是我的脸，但脸上的皮肤紧绷而且僵硬，我试图做出任何表情，都只能出现一张鬼脸。

现在我的手差不多有了正常的握力，尽管仍然有些笨拙。正如他们所希望的，指尖和手掌的感知反馈比我的“好”手还要精细。我用新手指划过右手腕，我能感觉到上面的每一个毛孔。在抚过肌腱或者静脉时，我能感受到一个特定的体温梯度的存在。我相信，这机械手和手臂最终会拥有超人的力量。

我摸了摸自己的新脸，没有感受到任何毛孔。他们已经在热交换技术上做出了超越自然的改进。

2058年9月22日

他们为我安装新神经的时候，我又睡了一周。当麻醉药效退去，我绝对感受到了什么，不是疼痛，也不是正常生殖器的垂坠感。那里完全被纱布和绷带包裹着，插着管，即使对一个正常人来说，也会感觉很奇怪。

过了一会儿，一个助手进来，小心翼翼地剪掉了那里的绷带。他脸红了。我不觉得抚摸它是他的工作。当导管被他拔出来之后，那里还是有一点轻微的刺痛和舒畅感。

它并不完全是原装的复制品。如果是面部重建，他们可以参考数百组的照片和模型。我怎么也想不到有一天，拥有一个多角度的私人器官照片库是多么有必要。为了解决这个问题，技术员带给我一沓从泌尿外科和色情片抠下来的照片，让我依“相似性”给它们排序。

对于这个任务，不管从经验还是天赋，我都无法轻易完成，虽然这在不受约束的享乐主义时代听起来似乎很奇怪。实际上在二十五年以前高中毕业后，我就再也没见过另一个男人的裸体了，更别说那里敬礼的样子了。（我在月球背面驻扎了十八个月，从来没去过情色酒吧。我更喜欢只面对一个观众。）

所以现在这个新下体比它的前辈更长更粗，所有男人都会不自觉地夸大其词吧？它勃起的时候，倒是有点之前的样子——一个年轻男人会有的放荡不羁的角度。

记录自我慰藉虽然令人不适，倒也是必要的。起初，我没法自慰。我用右手时，像是在握着另一个男人似的，我从来没有这方面的欲望。不过我用新的那只手时，尽管一切能如常进行，我还是必须承认，有种偷窥的感觉，而且非常强烈。这次射精力度比我能记起的少年时代还要有力。

这实在让我惊异不已。最近我读到一本关于脑化学内容的书，作者提出的一个重要观点，即把“思想”和“大脑”完全等同视之是错误的。作者说，大脑在某种程度上只不过是神经系统中最厚实最复杂的一部分；它协调我们的意识，但实际的思想以神经节网络的形式弥散于全身。书中他其实以性举例——当一个男人悲伤地观察到他的阴茎有自己的想法时，他所描述的这种现象只是一个更普遍、更深层真理中的一部分。

但是实际上，我确实有一部分真实的脑组织被嵌入了新的身体部位里：这些处理感知数据的生物芯片，它们接收数据并发出指令。这些组成我意识的大脑部件，和其余的神经系统一样吗？这次自慰的经历暗示着它们有可能是自成一派的。

这可以说是个不成熟的猜想。等我到了更复杂的、不那么自我陶醉的环境中，再来看我对此感觉如何吧。

2058年9月23日

昨晚我身体里有些东西突然通透了。今早一醒来，我的机械肢体就充满了力量。床边的一只扶手被拧得变了形，应该是被我无意识抓住时拧坏了。我轻松地把它掰了回去。

我有种奇怪的冲动，我想要把这能力当作秘密，暂时不向上汇报。技术员们以为我的握力应该能高出常人三到四倍；我拥有的显然比那多得多。

但为什么不想说呢？我不知道。最终他们会读到我的日记并发现这个秘密。然而，这也没什么不好；这日记本来就是为了记录我的心理历程或者说心理失调。让他们告诉我，我为什么不想告诉他们吧。

（晚些时候）技术员们非常吃惊，欣喜若狂。我演示了一次90公斤的拉力。我知道自己本可以拉得更大力，我本可以把压力测试仪器拉出墙体。我明天会给他们拉个110公斤，再一点点拉到125公斤。

显然，我必须小心控制力度。如果我对自己身体的正常部分施加太多压力，可能会造成永久性伤害。我确定可以用自己的铁拳轻松地在气阀门上捶出一个洞，不过这门也会将我的假肢从接口处扯出来。牛顿定律还是不可避免的。

其他定律将不得不被改写。

2058年9月24日

我今天练习操控了三只远程操作手。真是奇妙的经历！

第一个是一只被固定在支架上、脱离躯体的机器手臂。他们用这个设备来训练普通人使用远程操作手。与普通人不同的是，我不需要使用操作袖套来向机器替身传输我那不完整的意愿。我可以直接插入它。

我从研究生时期开始，就一直在工作中使用远程操作手，但那时的体验与现在的训练完全不同。在操作袖套内，你会从嵌入在塑料之中的横纹肌收缩发生器里获得一种拙劣的回馈；而用我的机械臂设备接收，这回馈就和普通人触摸物体时感受到的一样，甚至敏感得多。第一次练习时，他们让我拿起一个鸡蛋，我把它抛上去并接住了它（虽然得承认这在月球引力下并不是什么壮举，但换作在地球上我也自信可以轻易做到）。

下一个远程操作手是西方矿业公司在格里马尔迪站点使用的一台大型推土机。这很有趣，不仅是因为它的尺寸，而且因为它有轻微的通信延迟。格里马尔迪不过在几十公里之外，但是从这里到那里之间却没有足够的可用数据频道，所以我无法使用固定的电话线路与推土车进行通信。我不得不通过卫星中继，所以在我的想法和操作之间就会有0.1秒的延迟。这力量让人感觉很奇妙，但又有些令人困惑：我可以弯起手掌向下挖，然后一瞬间就能感受到风化层的阻力；接着我可以轻松地用手掌举起几吨重的岩石和泥土。人们站在推土机边看着，而我的手腕轻轻一挥就可以将他们活埋。我当然没有那样做，而是尽职尽责地把它们倒在了运向水泥搅拌器的传送带上。

但最让我着迷的是那个微型远程操作手。它只投入使用了几个月，我听说过它，但从来没机会见到它的实际操作。它是一个可以完全自由移动旋转的、长度不足0.1毫米的操作手。我将它和一个低功率扫描电子显微镜连接在一起使用，在微电路表面四处移动。放大之后，微型远程操作手看起来就像一只插在长棍上的手在建筑物的走廊里闲晃。建筑物的墙面各有不同，有粗糙的灰泥墙， 有拉丝金属墙，也有灰色漆起泡了的墙，上面覆盖着厚厚的金色电缆。必要时，我可以调用另一只手，用我的右手从操作袖套中来操纵，辅助完成一些简单的木工活和机械师的任务。这些在现实世界，相当于改变电路里最基础的量子电动力学参数。

这是真实的力量——不是压碎金属管或者举起几吨重的石头，而是把电子们推来推去为我所用。我的第一个博士学位就是电气工程学的；突然顿悟到，我是历史上第一个真正精通电气的工程师。

两个小时之后他们让我停了下来，说我已经表现出了劳累的迹象。他们把我放进一个轮椅里。在被推回房间的路上我就睡着了，梦见了微观宇宙和无限的力量。

2058年9月25日

那只金属工作臂，我本期待它的使用感觉与我的“沟通臂”会有本质上的不同，然而大部分时间并非如此。它们的线路都差不多，只有在极限发力的情况下，两者的感觉才有所不同。在压力等级快到达可以伤害类似肉身材质的程度时，我那只柔软的手就会给大脑发送类似疼痛的信号。而用金属臂，我能一下扯掉一厘米厚的钢牌，却觉察不到任何“肌肉”紧绷之外的感觉。如果我有两只金属臂的话，我可以创造奇迹。

我的机械腿就没这么有天赋了。它有管理器把它的力量和移动幅度限制在了正常水平，这倒也合理。在月球重力下，即使一个普通人也时不时会撞到天花板。如果我起身过快，很可能会造成脑震荡，或者更糟。

我还是喜欢机械臂的。他们说，等我再强壮一些的时候(哈!)，会让我穿上宇航服出去，试试用机械臂朝着月平线扔些东西。

从今天开始，我正逐步回归日常生活。我将在生物科技公司待六到八个星期，但我被编入天空工厂办公室，并且已经开始处理一些积压的文书工作。早上和下午我各工作两个小时。这有助于我转移注意力，但我还是不得不承认，我没有全情投入这份工作。我宁愿把这些时间用来玩微型远程操作手。(我预定了明天微型远程操作手的三小时使用时间。)

2058年9月26日

他们将一根光纤穿进微型远程操作手的小指里，这样我就能在显示器上看见它的工作进展，而不会受限于电子显微镜的视野。当微型远程操作手移动时，显示器上的图片就会模糊不清，但如果我能稳稳地控住它几秒，电脑就会辅助生成一个很清晰的图像。我用这种方法将自己的右机械手和机械臂上看了个遍，真是神奇的景色：毛发是一束僵硬的草秆，毛孔是小而湿的坑洼，随处可见都是皮肤缓慢死亡的证据，一沓沓透明的脱屑细胞组织。

我已经养成了戴机械臂的习惯。我不介意别人盯着我看。在我的实际工作中，机械臂更有用，我也想尽可能多地练习使用它。使用它能让我实实在在地享受到一种掌控感。

2058年9月27日

今天我去了外面。最开始我连四处转转都显得很笨拙。在过去的十一年里，我只在零重力环境下穿过宇航服，所以我原先的反射弧都没用了。不过，在六分之一的地球重力下不会有太大的问题。

这让我感到兴奋，同时也感到沮丧，因为我无法展示出全部的力量。在我试着踢开一块石头时，差点画蛇添足。在石头被翻倒下来之前，我意识到因为用力过猛，我的左太空靴踩碎了十厘米厚的风化层。我后退了一步，谨慎地换了另一只脚来掩盖这个可能揭发我秘密的明显的洞。

我确实能把一块石头扔出月平线。借用一只弹弓，我有可能把一块小石头丢入绕月轨道。我甚至可以把自己当作一个月轨发射装置租赁出去。

（晚些时候）最有趣的是，一位从最开始就参与我复健项目的漂亮护士，在晚饭后来到我房间，提出一起做个彼此心知肚明的实验。实验异常成功。

虽然我的新身体开始有了正常的“兴奋期—平台期—高潮期”的生理模式，但相似性也就止步于此。我没有不应期，勃起的过程也完全在我的意识掌控之下。这会让我成为月球上最受欢迎的男人。

新阴茎上的人造皮肤对于不同材质的敏感度和我的机械手指一般无二。我突然意识到，自己对女性内部结构的了解比任何一个男人都要多，甚至多过任何一个女人。

明天我打算去一趟月球背面。

2058年9月28日

月球背面有九家情色酒吧。我读了指南书上的描述，并询问了几个当地人的建议。最终我来到一家有着巧妙名字的店——“原汁原味吧”。实际上，这名字并不是情色忸怩的表达，这里确实只卖水果和果汁，绝大多数是从地球进口的昂贵水果。我花了一天的工资买了一杯梨汁，并走向了房间里最吸引我的女人。

这决定本身就是一个错误。在事故发生之前，我就没有吸引人的长相和身材，而眼下这些身体部件诚实地重塑了我粗糙的五官和小肚腩。我被她拒绝了。

于是我采取了完全相反的策略，转而去寻找最平庸的女人。无论如何，这将会是一个更好的测试：在事故之前，我花钱只找身材完美的女人。如果和对我没有吸引力的女士也能重现昨晚与护士大战的风采，并且在公共场合毫无压力地展示自己的雄姿，那么我可以独立于自主神经系统的事实就会被证实，不再有疑问。

我犯了第二个错误。我从来都不擅长聊天，当我发现了我认为的女性之中平庸的典范后，我开始和这个女人聊起我的事故和我从中获得的特殊才能。她突然记起了她在别处有约，离我而去。

对于下一个姿色一般的女人，我没有这么开门见山。她询问我的脸是不是有什么问题，我只告诉了她一半的真相。她很有同情心，异常慈爱，反而让我觉得她不那么可爱了。但这倒使她成为一个很好的实验对象。我们离开了聊天区域，去了后面那间所谓的“爱之屋”。

这里的空气中有种辛辣的气味，我猜是香氛和汗水味的混合物，但是当然，我这干鼻子是无法判别真实气味的。这倒是第一次，我对丧失嗅觉心怀感激。这地方大概还有老旧更衣室的味道，外加费洛蒙的气味。

在昏暗的红、蓝、白色灯光中，十几对情侣在半推半就地做着他们爱做的事。只有几位坦率地盯着别人，大多数人不是沉浸在自己的情爱里，就是鬼头鬼脑地偷窥着别人。地板上铺着柔软温暖的地垫，大部分人都在地垫上。但有些人巧妙地使用着桌子和椅子，有几对的姿势若是在地球的重力下无疑非常危险或者根本无法做到。

我们脱去衣物，她称赞了我显而易见的生气勃勃。旁边的一位偷窥者看起来有点嫉妒。女伴的身材有些松弛，要是在以前我会怀疑自己是否能对她保持热情。然而一切都没有问题；实际上，我相当享受。她几乎不需要前戏，不久后我便不断带给她奇特的超高灵敏度探索——洞穴探险。

她对于自己的快感倒是毫不掩饰，尽管她没撑到一小时，我们也已经吸引到了不少注意力。当她喘着气遗憾地拒绝继续“锻炼”后，一个一直在观看我们“运动”的、更年轻热辣的金发女人对我投怀送抱。我对她尽了一会儿义务；尽管她的水井很干，我的泵柄倒是没有受什么影响。

在我卖力表现的时候，我意识到快感所涉及的感官并非普通意义上的性感官。这确实是肉体愉悦的感受，就像精致菜肴等同于感官盛宴一样，但这种快感又包含了一种遥远的难以名状的微妙特质。也许快感本身与享乐主义有更深一层的联系。我既然无法品尝食物，大脑就有大片区域被空出来以评估其他的体验。也许我的大脑在重新修改自己的分区以便充分利用新能力。

等到金发妹开始感到疲惫的时候，又有其他几个女人对我表示出兴趣。我抵抗住了探索这个新器官极限的诱惑。我的背开始疼了，右膝盖也在抗议。于是我关闭了精神开关，放松下来。我没跟谁多说什么就离开了。(第一位女士坚持要给我买点什么的，我挑了一根香蕉来补补身体。)

2058年9月29日

现在我有了眼睛和双手，也就没有理由再继续用笔来写日记了。所以我现在把日记输入进电脑里。但两个版本我都会保留。

我复制了到目前为止的所有内容，并编辑了我会展示给生物科技公司的那个版本。那个版本温和礼貌，并且会继续保持这种风格。比如说，它没有如下内容：

写下昨晚的种种之后，我发现自己仍然充满能量。于是，我决定实施一个早已在我脑中成型的计划。

大约凌晨两点钟的时候，我下楼闯入了微型远程操作手实验室。入口被一个五位密码锁保护着，但这当然挡不住我。我那高灵敏度的手指能感知到锁里的转向轮卡对位置的震动。

我拿到了微型远程操作手并且卸下了我的腿。我指引着微型远程操作手走遍了机械腿里的电路，并轻易地禁用了腿里的管理器。整个行动花了不到二十分钟。

起初，我确实要小心翼翼地走路。我很容易一步登天，或者因为另一条腿过度代偿而一瘸一拐。等我走回房间的时候，情况就得到了控制。所以这再一次证明，他们对我能力极限的预判是错误的。接着我测试了我的腿部力量，随便一踢便让我衣橱后面的金属墙上多了一个深深的凹痕。我需要等到自己独自在外时，才能看到全力一踢是什么力道。

作为对比，我用自己的肉身腿踢了墙，没有留下任何痕迹，只剩大脚趾独自疼痛。

2058年9月30日

我突然觉得现在对自己身体的感觉比过去二十年都要好。谁说不是呢？这些新的肢体和器官简直是青春永驻。如果一个零件稍有磨损，可以轻易被替换掉。

今早，这家生物科技公司的评估委员会把我惹恼了。我只是问问把我的右手臂和右腿也换成机械设备的可行性，就把他们几乎所有人都吓坏了。只有一个人被我的问题逗乐了。我会记住他的。

我觉得这些蠢货会命令我在一两天之内离开月球正面，回到慈怀医院去寻求心理“援助”。哼，我想走的时候会走的，这得我自己决定。

2058年10月1日

接下来的一切是在月球正面的环境控制中心被录音记录的内容。现在是10点32分，他们有不到九十分钟的时间来满足我的要求。让我倒带补充一下发生了什么。

完成昨晚的日记录入后，我突然来了“性致”。我坐区间车去了月球背面，回到了原汁原味吧。前一夜那个姿色平庸的女人在等我，期盼着我的出现。当我向她提出不如省下钱（和我们所剩无几的矜持）跟我回家享受二人世界时，她很开心。

我不是故意要杀了她。我根本就没这个想法。但我认为这是因为我的兴之所至，或者说我的疏忽大意。我不经意间用机械腿抵住墙壁，然后用了太大的力气插入。无论细节如何，最终伴随着撕裂声，有什么东西断了。她发出一声轻叫，紧接着我的下半身就突然被血浸满。我弄断了她的脊柱，与此同时造成了显而易见的内部损伤。她肯定很快就失去了意识，尽管她的心脏在此后又跳了将近一分钟。

理论上来说，处理掉尸体不是个大问题。我去洗衣房找到了一个足以装下她的大袋子。接着我回到房间里，把她和被血弄脏的床单装进了洗衣袋里。

如果在日常的时间，把她丢到回收桶可能是个问题。洗衣袋看起来确实就像装着一具尸体。幸运的是，走廊里空无一人。

回收房的门锁真是小儿科。焚烧炉的门倒是一个问题；开锁很容易，但它的有效直径只有二十五厘米。

于是我不得不将她大卸八块。为了省去事后的清洁工作，我在洗衣袋中笨拙地完成了分解工作，都没法看清这本该“引人入胜”的过程。

我看得太过专注，完全没有听到门被拉开的声音。不知为何，我在掰断女人骨头声的间隙听到了那个男人轻微的反胃声。我跨向他，一脚将他踢死。

事已至此，我不得不承认自己的决策失误。我把门重新锁上，并回来继续做着手头的工作。在将这女人彻底回收后，我对那个男人做了同样的操作。这次操作起来倒是简单得多，因为女性躯干的皮下脂肪更多，处理起来更困难。

这真是浪费时间，（尽管这期间我确实花了时间思考，给我的计划做最终润色。）我还不如把两具尸体直接留在地上算了。我踢那个男人的时候太用力了，以至于反作用力让我自己摔倒在地，右边屁股都摔青了。我那一脚踢得他从胯下到心口都裂开了。这就已经一团糟了，更别提他撞到了天花板。我永远也不可能把天花板上的血水清理干净。这些痕迹迟早会被人看到。

无论如何，这也只浪费了二十分钟。幸好之前禁用回收间的锁为我节省了更多的时间。我清理干净现场，换了衣服，去操作手实验室逗留了几分钟，然后乘坐滑道来到了环境控制中心。

这个时间，在环境控制中心值班的只有一个年轻男人。我和他寒暄了几句，然后一拳打在了他的心口上。我打得很轻，不至于又弄得一团糟。我把他的尸体放在了一个不会干扰我的地方后，便开始专心研究“门”的问题。

环境控制中心没有传统意义上的门，却有一面应急墙。一旦气压降低，它就会滑动到位。我编写了一个测试程序来模拟紧急情况，应急墙服从了指令。然后我走过去，扭动了几个凸缘。没人能闯进中心，除非他使用切割焊枪。

因为右臂受了伤，我坐着很不舒服，但还是设法坐到控制台前，花了大约一小时研究逻辑和接线图。接着，我打开了一个接口板，并把微型远程操作手放在了电路板的主线走廊上。对讲机开始不停地滋啦作响，但我没有让它干扰我集中的注意力。

月球正面被128块隔板保护着，以防陨石撞击或者（更有可能出现的）结构故障。它们像那面应急墙一样，一旦任何区域有气压下降，就会滑动到位关闭隔离那些区域。当然，这些都是自动完成的，但也可以从中心这里控制。

简要来说，我通知了每一块隔板它正在被维修，在任何情况下都不要关闭。然后，我将远程操作手移动到控制整座城市的八个气闸的电路上。我优雅地微整了一下电路，把八个气闸的控制权全都转移到了我左手握着的压力开关上。

这是一个负压按钮，一个从电锯上取下来的死亡开关。只要我一直按着它，气闸的内侧门就会保持锁死状态。如果我松手，这些气闸就将全部打开。外侧门已经都被打开了，那些连接着气闸室到更换宇航服的房间门也都被打开了。没有人能及时穿上宇航服逃离这里。在三十秒之内，所有的走廊都会变成真空，所有在密封门后的人只能在缓慢窒息而死和低压自爆而死之中选择其一。

我最开始的计划是把死亡开关接到我的脉搏上，这样能解放我的这只“好手”，让我可以睡一会儿。看来睡觉这事儿得先等等了。连接成功后，我打开对讲机并宣布我只和协调员通话。

当我终于和他说上话时，我告诉他我所做的一切，并且请他核实我的话。他们很快就确认了。于是，我开始提出我的要求：

我自然是要求做手术替换掉剩余的肢体。手术必须在我清醒的时候进行（依赖于心跳的死亡开关可能会被心脏监护仪所破坏），并且必须在这里进行。这样我才能确保没有人动我的私改电路。

医生们被叫来了，他们拒绝了仅在局部麻醉下进行如此高难度手术的提议。我当然知道他们在说谎；早在麻醉剂被发明之前，截肢就是相对日常的操作了。医生们说，我可能会疼得昏过去。我告诉他们我不会，并且无论如何都愿意冒险试一试。在此情境下，他们别无选择。

（我还没提到我的终极计划包括替换所有的内脏器官以及四肢，或者说至少替换掉那些会导致我过早死亡的器官。到那时，我将会成为一个真正的赛博格——一颗人类大脑镶嵌于“人造的”身体里，延续着数千年的寿命。在几十年或者几百年的研究之后，我甚至可以修复一些大脑的缺点。我可以接入地球网络，全人类的知识尽在我手，我的逻辑和记忆力将不再局限于神经元电化学突触的缓慢速度。）

一位从地球来电的精神科医生试着说服我，让我意识到自己犯下的错误。他说那场事故带来的可怕创伤“显然”使我精神错乱，而这半机械化的身体增强不仅没有治愈我，反而使我的精神错乱更加严重。他的论证，至少让他自己很满意，说我的行为符合某些经典的疯癫模式。他说，考虑到这一切，如果我自首，我的犯罪行为会被饶恕，我会被送回到精神病院的温暖怀抱中。

我确实花了些时间来解释他思维方式中的本质错误。他觉得我在失去了自己的脸和生殖器之后，就真正失去了自我认同感；并且我本质上是个“善良”的人，但人性却被生理和存在的隔阂扭曲了。这完全是错误的。按他的逻辑，我实际上应该是一个“邪恶”的人，在一次幸运的事故后才意识到自己的本质，从芸芸众生的生理毗邻中释放出了自己。

而“邪恶”是一个准确的词，我不是不适应，不是无道德，甚至不是罪犯。依据人类标准来说，我就是邪恶的；就像依据一个被饲养来吃的动物的标准，人类是邪恶的。这个类比很准确。我不光会为了我的生存来牺牲人类，还会为了我的舒适、好奇心或者娱乐来牺牲人类。我会允许不打扰我的人活下去，会慷慨奖励帮助我的人。

现在他们只有四十分钟来满足我的要求。他们知道我是……(录音结束了)

2058年10月25日

总结汇报摘要：

我是亨利·占诺夫斯基医生，是为不幸的威尔森·契瑟姆博士施行半机械化增强手术团队的负责人。

我们很幸运，契瑟姆博士的精神错乱并没有影响到他一贯认真细致的本质。如果他再花一些时间做准备，毫无疑问会把我们置于非常困难的境地。

他本该意识到，将他和月球正面其余地方隔开的防护墙是钢制的，那是一种优良的导电体。如果他当时躲在绝缘体之后，本可以逃脱死亡的命运。

契瑟姆的远程操作手是一台惊人的仪器，不过本质上它不过是一个伪智能伺服系统，服从于一系列精确设定的射频信号。我们所要做的就是覆盖由他自己神经系统发出的信号。

我们将一台强大的增幅器连接到了钢墙上，让它变成一台强大的无线电发射器。为了产生我们想要放大的信号，我让一个技术员戴上了远程操作袖套，里面装着一个类似契瑟姆手中死亡开关的盒子。我们将技术员的手设置为关闭状态并调高功率，让技术员用尽全力打自己的下巴。

技术员被重击打得昏过去了几秒钟。契瑟姆身上产生的相应共振作用，可能比源信号强了上百倍，将他的下颚骨直接从颅顶击穿。

幸运的是，那只昂贵的机械臂并没有受到损伤。它本身不邪恶也不疯魔，当然，这一点我自会证明。

这项实验还将继续，我们自然会更加小心挑选实验对象。复盘时，这似乎显而易见，我们不应该选择契瑟姆这类经历过巨大创伤的人。我们必须选择志愿者。比如我自己。

我已经不再年轻，双手的无力以及它们偶尔的颤抖限制了我的手术量。凭借我的知识经验和本身的渴望，我明明可以做得更多。我想将自己日益衰弱的左臂换成契瑟姆那只创造奇迹的机械臂，为此我将经历与他相似的训练，但那是为了人类的利益，而不是做坏事。

我将会用这把手术刀创造出多少奇迹！

THE PINK METEOR FLARE

by

Lucy Li

▽

粉红色的流星尾灯

青 筝

青筝，编剧，也曾做过文学编辑。学生时代是爱看小说的纯血理工女，默默梦想着飞遍世界，用八国外语写墓志铭；毕业后却误入创作的世界，尤其沉迷幻想故事，逐渐越变越宅，但又乐在其中。中短篇小说作品曾发表于《新蕾》《九州志》《小说绘》等。坚信人生梦短，应当无愧于胃，更要无愧于心。

本文为《银河边缘》中文版专发篇目。

一、返乡的小巴、颓丧的胡茬

我醒来时，火车已经行驶了1天21小时37分钟零22秒，和我沉睡的时间等长。一份不合时宜的工作打断了我的休假，把我从城市带向村庄。

这列深绿色的古董正不急不缓地穿过原野，笨重的车厢轧过一段段并不严实的铁轨，发出枯燥的咯咚咯咚声。我在城市里流浪太久，已经忘记了世界上还有如此缺乏效率的交通工具。

而这列车和我上次来时一模一样。

狭小的软卧包厢里安装了四个铺位，但是只有我一名乘客。折叠桌是手动的，桌下配了一套不合我需求的老式插头。我听说很多人会专程来坐老式火车，体会复古趣味，我却只觉得这是浪费科技发展和坚持自我折磨。

我直接走向窗边的洗面台，检查自己的仪容。金属质地的台面折射出过分耀眼的反光，晃得我眯起了眼睛。睡得太久，我的额角被压出了一道印子，这是肤质老化的表现，虽然我的外貌不会变化，但皮肤不再平滑且易被染色，弹性早已不比当年。后颈处还有一道伤口，是上次出差时弄的，还没有找到可供修复用的材料，要是还不维修，估计要留疤了。

我立起领子，把那道拼图缝隙般的裂痕挡了挡，然后打开龙头，将冰凉的水揉搓在自己脸上。透过溅满水垢的镜面，我看到自己挂着一张颓丧的脸，而头顶上，照旧飘浮着一行字，从我出生那天起，它就一直伴随着我。它和往常一样，稳健地跳着倒计时，一秒又一秒。

我习惯性地阅读了那行淡金色的数字：

11097天08小时52分04秒

它代表我在这世界上剩下的时光。

下了火车，还要搭乘小巴。到站的乘客只有我一个，这让公用时刻表变得毫无意义，为了节能，它直接停在出站口等我。我在后排落座，自动驾驶系统缓缓开启，降噪系统让车厢安静下来。

我拢着长风衣，坐在配置了无线充电功能的座椅上，总算是舒服多了。我闭目进入数据流，查看任务概览。智能中控根据窗外的光线把玻璃变成了暗紫色，减少强光，配合我对光线的需求。

这才是旅行该有的样子，我在心里默默地想，这个落后的乡下，总算还有一些东西，是和外面接轨的。

今天的邮件很长，而且异常琐碎，里面写着我的任务。这份委托来自一位中年男性，他为自己所使用的智能机器人购买了一份临终关怀服务。而我就是他指名要求提供这份服务的执行人。

这年头和机器人相依为命的农家人很多，毕竟一台搭载了智能种植系统的AI管家可以承担一整个村子的农耕和销售，一村一人、一人一机过了一辈子的，也不在少数。大多数用户对待机器管家，就像对待宠物，都相信机器人也应该拥有基本的人权。只要AI有求，基本买什么服务的都有，我已经习惯了。

之后我像往常一样，一路闭目养神，在最后一段路程里才接入了订单说明中全部的细则。这次的订单特别长，也特别让我惊讶，我反复确认了几遍，才敢相信。订单里详细叙述了一款少女机器人，被送货到这里之后的十三年间一直对我念念不忘，并提出了希望在临终之前再见我一面的要求。读完的时候我才发现，好好的沿途风景，全都错过了。

这算什么？对我一见钟情吗？

但我只觉得，她是我送货上门的无数机器管家中普普通通的一台量产产品。我记得，是一台有着浅金色长发的少女款AI。

我抬起眼睛看向窗外，田埂下，是一望无尽的金色麦田，麦田在微风里摇摆，荡出水一般的波纹，就和书中写过的一样。我印象中的她，和这里的风景十分相配。

开门前，我再次从车窗玻璃里阅读了飘浮在我头顶的数字，深紫色的镜面让那熟悉的淡金色变得有些陌生：

11097天08小时12分21秒

我仅存的寿命又被这个世界浪费了一些。

孤零零的小房子，坐落在广阔的田野上，红色的瓦片后是湛蓝的天；压在瓦下的，是雪白的墙面。穿梭巴士自动停在房门前，我按照订单要求设定好后续行程后就下了车。车子停在原地，进入了自动休眠。

我站在门前，按自己的习惯敲响了门。雪白的铁门上挂着粉红色的流星装饰，我引以为傲的记忆模块告诉我，上次来时，还没有这些。

一个熟悉的男声回应了我："请进。"

门开了，房间和十三年前一模一样，只有房主从穿西装的城市青年，变成了穿围裙的乡下大叔。他已经快四十岁了，常年的闲居让他彻底放弃了对外貌的管理，胡茬比眼袋还要明显，肚腩即将超过脚尖，看上去比我疲惫得多。他拿着巨大的编织袋，似乎正在整理垃圾。他身上那条粉红色的围裙，既不适合他的身材，也不称他的肤色。

"你真的来了。"他毫不避讳地皱着眉，仿佛叫我来的不是他一样。他眯起眼睛扫视着我头顶的数字，"你好像没怎么变……是吗？"

他的疑问太过没有自信，让我觉得没必要回应。我压下被冒犯的感觉，选择虚伪的客气：“谢谢。您也没变。”

他没话说了，自嘲地笑了笑，顺便把手上的脏污蹭在围裙上，不再看我。时隔十三年的欢迎热情，也只有这么一点点。

“我发邮件的时候，没想到你真的能来……毕竟距离你送货到我家已经过了这么久，连她都要报废了……我甚至不确定你是否还在服役。”

“嗯。”我点点头，他似乎对我的长寿感到很不公平，不知是不是我的错觉。

“我在邮件里写的内容，你都仔细看了吧？”他问。

“当然。”要不是委托内容太过离奇，我才不会浪费时间看那么仔细，但我还是假惺惺地应承着。

“情况就是邮件里说的那样，她希望在死前能够……嗯……和你一起，进行一次浪漫的约会。”他艰难地说着。

“我知道，具体的服务我已经在支付列表里看到了。执行完毕之后，我会回到这里找您签署服务回执。您需要保留全程录像吗？”

男人脸上的表情凝固了，难言的焦虑让他到处摸索着，把并不能算作垃圾的生活用品，不断扔进手中的口袋里。

“不……不用了吧，我相信你的服务。”男人艰难地做出决定，“我还没告诉她你要来，当然，也没说具体买了什么。她一贯喜欢惊喜，你可以直接去找她。她正在那儿干活呢。”

我顺着他手指的方向，看向窗外。我这才发现，穿梭巴士的玻璃歪曲了我对世界的观察。这里的麦田并不是金色的，而是温暖的粉色。粉红色的麦穗之间，一点人影正独自在田野间忙碌着什么。

她不高，头顶将将露出麦田。粉红色的头发就像池塘中隐形的鱼背，拨开浪潮，自由穿梭。只有头顶的数字，在水面外摇曳。

我仔细地看了一遍她头顶的数字：

5小时22分14秒

她确实快死了。

在分别十三年之后，我们还剩五个多小时可以用来重逢。

“后门可以出去。”他徒劳地整理着鼓鼓囊囊的垃圾袋，开始催促我。

“你不和我一起去吗？”我再次确认，“她应该会希望你在场。毕竟和她共度了十三年的人是你，不是我。”

男人固执地扎在灶台前，摇摇头。

“好吧。”我忍不住叹了口气。

人类的怯懦，总是来得不是时候。而怯懦的人，常常是会后悔的。

我的脚下只有一条通向麦田的窄路，看着近，走着远。走着走着，我就把那个人影跟丢了。

“喂——”

我远远地朝原野喊，但是没有回应。只有沉重的脚步声，从我的身后奔袭而来。

我故意装作没听到的样子左顾右盼，她就像只蝙蝠般扑在了我的身上，毫不吝啬地用手臂裹紧了我。她的手很特别，花粉浸染了甲缝与指节处的皱褶，像是终年染布的老妪，但指甲上的涂装又崭新而精致，年轻的手臂上，还挂着盛满粉色麦穗的竹篮。

“真的是你！我没想到你真的会来！我以为你已经把我忘了呢！”

她的心性比她的发色还火热，说话轻快，还伴随着爽朗的笑声。我每少一秒寿命都难受得要命，她却活泼得一点都不像快死了。我谨遵委托，扮演着浪漫约会的对象，任由她纵情地抱着我，还信誓旦旦地说了些故作深情的话：

“才过十三年而已，我怎么会忘呢？”

“我就知道你不会忘！”

她也任由自己沉浸其中，过了半晌，才终于撒开了手。

“走吧。”我抓住她的手，替她挽过竹篮，“带你去约会。”

她被我拖了两步，又依依不舍地回头，“他不来吗？”

我摇摇头，转达了男人的意思。可我分明看到，她在我身后寻找着尾随的人。我顺着她的目光，追进后门旁的窗，那个脆弱的男人站在窗口，远远望着紧紧相拥的我们，好像快哭了。

“也好。”她的虹膜也是粉红色的，不知是染的，还是换的，笑起来时的形状，像两道忧伤的弯月，“浪漫约会嘛，本来就该只有两个人的。”

二、粉红的村庄、紫色的月亮

窗外的天色已经暗了，乡间的小巴车摇摇晃晃的，只载着我们俩。车内柔和的光影照亮我们的身体，也把我们的面容映在窗上。我并不理解，人生的最后五个小时，为什么要点名用来见一个仅有一面之缘的人，而她又为什么，愿意把其中三个小时花在路上。我觉得和她生分，只敢盯着窗看，可她头顶的倒计时跳过一秒少一秒，闹得我心里不安，干脆只好不去看。窗里的她却不会不敢看我，仿佛我们之间，没有隔着十三年的生疏。

“你一点都没变。和十三年前我第一次见你时一样，生命余量在一万一千天以上，甚至还比十三年前长了几小时。”

和她的主人不同，她的疑惑很坚定，这就是机器人的优点，我们永远能正确判断自己的记忆是否清晰。我无法敷衍，也没必要对将死之人敷衍，于是诚实地点了点头。

“你是怎么做到的?”她好奇地问，“当初是你送我来这儿的，你的损耗程度，应该比我还大些。”

“大城市的便利吧。”我半开玩笑，“我常常修理我自己。”

“真好，我想修理自己，都没有技术呢。”她也随和地笑笑，“可是我听说，大城市里像咱们这样的旧机型更少，修理店里连零件都找不到。”

她的眼神天真又坦诚，我有点糊弄不动，但她的提问又太没有界限感，让我有点不舒服。说来惭愧，我不喜欢别人叫我旧机型，即使这是事实。

我不再看窗外了，直接转过头看她，尽量耐心地问:“你去过大城市吗?”

“没有。”她遗憾摇摇头。

“那你怎么知道你听说的就是对的呢?”

我的态度不太好，但是她不计较，不同的人生经历把我们塑造成了不同的性格，我习惯怀疑，而她却是开放的。

“我想……他没必要骗我吧。他说，大城市里的灯，都是粉红色的。我种的粉红色麦穗，就是城市照明的原材料，也是改造沙化土壤的重要样本。麦子的花粉放进透明壳子里，白天靠太阳蓄能，到了夜里自己可以发光。乘着飞行器从天空里往下看，就像粉红色的星星一样，很洋气的。”

我冷笑了两声，听外乡人讲自己住的地方，总是有点陌生的。

“那你看到的大城市是什么样儿?”

我大略地在脑海中搜罗关于生活的记忆，“产品迭代很快，充电座椅很多。RO系列机器人遍地都是，多得像星星。”

RO机器人是我们之后所有新一代产品的总代号，是卸载了全部情感模块的人工智能。他们冷漠无趣，但是高效且知名，连久居乡下的她都听说过。

“我知道RO系列！听说他们很聪明?”

“他们傻得可以。”我大方地讲出了自己的意见，“失去情感辨别功能之后，他们对谎言很不敏感，听话不听音。常常被人骂了，还跟着对方一起嘲笑自己呢。有句话是这么讲的：世间最难搞的是AI和女人，世间最好骗的是RO和白痴。”

“比如呢?”她听了别人的热闹，显得很兴奋，“快举个他们被骗的例子给我听听。”

我们确实是同类，明知自己被RO替代是大势所趋，还是会忍不住因小小的优势而沾沾自喜。她开心地笑了起来，不自觉地将身体贴近了我的手臂，我本该顺势搭上好气氛的顺风车，拉起她的手或者搂过她的肩，让这段情侣戏码走上正轨，可窗外的风景吸引了我的注意。

不知不觉间，小巴竟然开向了高处，视野逐渐开阔，我已经能够俯瞰小屋与麦田。我预设的目的地，原本是在山脚下的湖畔，而现在，我们正在接近山顶。

我好不容易明朗的情绪忽然落下来一截，短短五小时，要去往来车程三小时的湖边完成服务，时间已经很紧了，现在竟然还绕了路，真不知道我还能不能把她活蹦乱跳地带回委托人身边。这辆车上，显然只有一个人会偷偷改掉终点。突如其来的变化让我焦虑起来。

“这是去湖边的路吗？”我问。

“这是去山顶的路。”她说，“我还有些家务活没做。”

我看着她头顶只剩三个多小时的倒计时，一阵无语，“你一共只剩下的这么点时间，还要用来做家务?!”

“嗯！我要给麦田提供额外的光照。”

“这些小事他不能自己做吗?”

“这不是小事啊。我们种的麦子需要特定波长的光才能长好，每天都要。今晚我走了，不知道下一个管家什么时候能来，我不做，麦田会减产的。”她一副理所当然的样子，“而且他一个人出来多危险啊。现在天都黑了，这山上有狼，还有高压电屏障，万一受伤了，谁照顾他呢?”

小巴在争执中停下，她蹦蹦跳跳地开了车门。

“别生气啦。我动作很快的。”跳下车前，她自信地保证，“咱们做完之后再下山到湖畔，还是能剩几分钟的！”

她毫不吝惜自己时间的样子，看得我心里一阵生气。我很想辩驳几句，告诉她我们是机器人不是奴隶，没必要上赶着牺牲临终时间完成人类力所能及的工作，而且今晚她走之后，下一个管家肯定不种麦子，但又怕说出来伤了她。这样的怕让我更生气了，但又不懂，自己究竟在气些什么。

我冲下车，眼看着她踏着孩童般的脚步冲向不远处的设备。那是一只巨大的齿轮，岌岌可危地摆在山尖上，泛着古铜色的光。

我茫然地看她转动着粗壮的摇杆，想起蚍蜉撼树，也想到了拇指姑娘。随着一阵吱呀声，目不可见的绳索被齿轮收紧，巨大的光源从齿轮背后冒出头来。被她升起的，是一颗硕大的、浑圆的、紫色的月亮。深紫色的月影，将她的面容投进我的眼中。

“美吗？”她高声地炫耀着，好像要从首饰盒里拿出珍藏已久的宝贝一样，“他可喜欢这颗月亮了！从家里看，很浪漫的。”

月色下，她与山下的村庄一色粉红，美极了，但我不想称赞。她弯着嘴角向我招手跑回来，但跑得越近，就越能看清我的表情，她脸上的笑容也收敛了。

“你怎么了？这不是才花了两分钟吗？时间还很充裕呢。”她伸手抚开我紧皱的眉头，如果不是有这个动作，我还以为自己已经消气了呢。

“你设想的浪漫约会里，包括给其他男人做家务吗？”我冷冰冰地责怪她。

“用户他……也不算是其他男人吧……”

“用户？他只是用户吗？你做家务他付电费，仅此而已吗？”我问，“单身汉和AI同住，总有一些用户之外的关系吧？”

“我们……”她掂量着用词，“确实很亲密。”

“那你们又何必找我呢？”我怒气冲冲地反问，“你和他两个人，一起坐上小巴设好终点，约会完再来一个吻别不是很好吗？何必找我呢？临终的人有人权，提供临终服务的人就没有人权吗？”

原来这才是我别扭的点，一个依依不舍的男人，和一个念念不忘的女人，非要花钱雇我在中间扮演什么久别重逢的爱人。作为我的同款产品，难道她没有想过，扮演一个这么复杂的爱人，会让我那套落后的情感程序产生多少既定波动？这波动之中他们难受，难道我就不难受？我现在只想回到城市，回归机械而麻木的生活。我只是一个当年恰巧负责送货的可怜打工仔，为什么必须经历这么多？

“对不起……”

她被我吓到了，她一点都不理解我为什么生这么大的气，说起话来，也变得有些怯生生了，但我的情绪却越顶越高。她发现简单的道歉并不能平复我的心情，犹豫了许久，才决定告诉我实情。

“他是一个很传统的男人。”她慢慢地说，粉红色的眼睛里，弥漫出了悲伤，“在他的概念里，性和爱，是分得很开的。

他不会爱我，我也不配爱他。我想知道，爱是什么。”

我一时沉默，我对人类那些自私的小考量根本不感兴趣，但又总会知道得太多。

“你没解释为什么指定我。”我问。

“因为你是我唯一认识的同类啊。”她做了错事般，喃喃地道，“用户说过，真正的爱，只发生在真正相识的同类之间。从启动到报废，这十三年间，我只认识你一个机器人。”

难怪……难怪她的用户说她总提起我。

爱，是她一生都在无私提供、却从来都不知其为何物、也没能从相伴者身上得到过的宝物。而我出现在这里，只是因为她深信，那个人说的一切都是对的。

我哀其不幸，也怒其不争，混乱的情绪让我的意识模糊起来，这是我们的情感系统被诟病低级的主要原因。我们被设计得太像人了，爱憎嗔痴涌上来时，总是会很冲动，还会被迫做出最平庸的行动，用来表达那些原始低效的情绪。

我不由自主地飞奔起来，一直奔到齿轮下，对着那坨摇摇欲坠的金属狠狠踢了一脚。

坠毁吧，可恶的月亮！你就像这对别别扭扭的男女一样令我生厌！

我在心里咒骂着，期待着那团绝美的紫色光晕滚到麦田里去，但意外发生了。急促的电流声贯穿了我的身体，我直直地倒下，我的视线划过天空，之后漆黑一片。

"危险！"

我听着她迟到的告诫，晕了过去。晕倒前，我只看到那对粉色的眼睛，恰似天空中的两轮月亮。

三、记忆的边角、湖畔的微光

醒来时，小巴行驶在下山的路上。我睁开眼睛的第一秒，看到了她关切的表情，和头顶的倒计时。

她的倒计时变成了红色。

她只剩下一小时了。

"怎么会这样？我晕了两个多小时吗？"我挣扎着坐起来，却被她按住了肩膀。

"不是的。你触发了防反叛的高压电屏障，我跟你联机帮你检修系统的时候烧坏了芯片。"她解释道，"我的芯片本来就坏得差不多了，再少一个也不算什么。"

"你和我联机了？"

"嗯。"她理了理头发，粉红色的发绺儿中心有一片头发仍然是浅金色，那才是我初识她时她的发色。这里的花粉浸染了她，就像这里的生活塑造了她。

我忽然感到了并不存在的心悸，静静等着她的责怪。联机意味着我的一切思想与见闻都暴露在了她的面前，包括那些要求保密的浪漫服务，和我不能见人的小心思。那些心思，她不会喜欢的。

“对不起……”她犹豫了许久之后，愧疚地说，“你本职是送货的，突然被我叫来做这个，让你不开心了。”

还好，她说的话题，并不是我私密的内容。

“还好，也没有很不开心。”我客套地答着，“咱们刚上市的时候，送货的工作多，到这几年，本来就只剩临终关怀了，并不是只有你这一单。”

“你送走了很多同类吗？”

“嗯。”

“你心里难受吗？”

这个问题，以前没人问过。但我想，聊一聊无人问津的心事，本来也是约会时该做的。

“一开始不难受。”我认真想了想，尽量严谨地告诉她，“咱们这个系列，是内心柔软的款式，有提供爱的功能，就有被爱的需求，绝大多数都是有遗愿的。最开始的时候，我只是想为同类做些什么。”

“后来呢？”

“后来？”我摸着自己的胸口，“后来……就习惯了。”

“对不起。”她抿抿嘴，心里压上了负担，“我没想到，像我这样的人不多。”

“你是指和我认识吗？”

她摇摇头，“我是说，点名找你的。”

我沉默了。这个话题还是来了，她果然把最不该看到的东西，全部都看了。

为了给我检修系统，她同步检查了我的近期记忆。她已经知道，我看邮件的时候，曾傻呵呵地以为，世界上真的有一个同类，只见过我一次，却用了一生爱我。又在昏倒前才相信，她全部的爱，都已经给别人了。

这样的想法让我羞耻，我不知如何面对，只能故作理智地找补道：“我们都是量产品，彼此的想法，都是类似的。你是第一个，但不会是最后一个。这次当真，是我没有经验，以后不会了。”

她左右端详着我故作严肃的脸，忽然笑了，“难怪你演得那么像。”

“像什么？”

“久别重逢的爱人回来啊。”她笑眯眯地说着，“你在月亮下气得发疯的时候，就像真的初恋见我选错了丈夫，想替我出头一样。我吓了一跳，但也有点受宠若惊。那一刻，我有种被爱的错觉。”

“是吗？”她的评语让我有些惊讶，却不觉得冒犯，于是我忍不住也跟着笑了，“我从出厂第一天，就作为样机在服役，没有走入过任何家庭，也没用过爱的功能。我一直担心，会演得不像呢。”

“怎么会呢？”她的语气还是那样温温软软，但眼神却露出了悲悯。我不明白这悲悯从何而来，难道没爱过人，也没被爱过，是一件很可怜的事吗？比被相伴一生的家人抛弃、然后独自死去还要可怜吗？

她再次坐在我身边，将身体贴近我，我那百无一用的共情能力突然飙升到了极限，温热的悲伤像麦浪般涌动，让我握住了她的手。不知是不是因为大限将至，她的手很冷，我将她握得更紧了。

“要不，你跟我走吧？”我像一个死心塌地的初恋那样对她说，“去外面，找一个尊重你的人，或者去一个能够得到尊重的地方。”

“你是在约我私奔吗？”她笑得更开心了，“你好好看看我的倒计时，一小时，能奔去哪儿？连下山都困难。”

“确实。”我有点沮丧，“如果我早点来就好了。”

她温柔地笑了，“你在外面走过那么多地方，得到过尊重吗？”

我没回答。我根本不敢说出真实的回答。

“没关系的，毕竟你和我，只是一时一刻的个例。”她淡淡地安慰道，“也许以后，世界会变好呢。也许有一天，我们也能选择自己的命运。”

世界会怎么变，我不知道，我只知道，她是看不到了。

下山的路和上山的路等长，且一样不好受。尴尬和兴奋终于离开了我，取而代之的，是悲伤和失落。毕竟我的情感和人类的情感一样落后，内心的真实感受，总是不能和我的期望同步。

小巴在密林间穿梭，沿山路下行。而她也一路絮絮叨叨地讲着村庄的历史。这里的土壤曾被彻底沙化破坏，后来靠种这些易存活、具有吸收净化能力的麦子救了回来。土地经过数十年滋养，大多枝干总算摆脱了焦黑，恢复了专属于北方树木的熟褐色，总有一天，林场会彻底变回原貌。

无论她怎么利用谈话活跃气氛，我都会忍不住去看她头顶的倒计时。她剩半小时的时候，我们还没下到半山腰，她恐怕看不到那个人为她准备的浪漫了。

讲完了喜欢的历史，她又开始核实关于大城市和“外面”的传闻。她的用户曾经在大城市里工作过，她对城市的一切了解，都来自那位用户的转述。她听说大城市的生活节奏总是很快，人们总是很忙。那里的人收入很高，凡是你能想到的东西，都能买得到；现在买不到的，以后也能做出来。但不妙的是支出也很高。人们经常是身无分文地来，又身无分文地走，就像从没来过一样。

据她说，那个男人曾经的工作，是设计人类喜欢的家用艺术品。这样的艺术品常见到家家户户都有，但三天两头换新，必须得讨得人喜欢才行。他每天掏心掏肺地工作，把作品展示在大庭广众面前，但世人却对那些成果视而不见。终于，他厌倦了不断揣测买主的日子，用全部积蓄买下了她，回乡下种田。这里的生活很枯燥，但胜在简单。

她曾花了大把时间猜测用户设计的艺术品是什么，据说，他最终承认自己设计的是灯。

我和她的用户有种族隔阂，观察世界的视角也大不相同，对他的诸多描绘无法苟同。

“他就是个骗子。”我说，“你去城市里看看就知道了，做灯的人，连你都买不起，怎么可能付得起买流星的钱。”

她不说话了，我默默反思这算不算是破坏了所谓的“惊喜”，惹得她不开心。但理智告诉我，她早在联机时就看了订单里的所有内容，自然也会知道，今晚将有一颗流星。

她幽幽地盯着窗外，好像在看风景，但我知道，她在看自己的倒计时。她还剩五分钟，流星也将在五分钟内抵达湖区。

“他真的给我买了一颗流星吗？”她明知故问。

“嗯。”我点点头。

“是颗什么样的流星啊？”她忍不住再次确认着。

“是一颗粉色的流星，特制的。”我答。但这么昂贵的服务，我以前从没见过，只能说出订单上写明的备注。

“是飞船假装的吗？”她比画着，“飞船开着粉红色的尾灯，像这样咻地一下从山顶飞过，从湖畔看就像是流星一样？”

“不是。”我说，“产品说明上讲，是一颗真正的流星，从天空里飞过，摸不到的。”

“粉色的，真正的流星……那是什么样子呢？”她喃喃地默念着，恨不得用眼睛把流星的影子投射在山林里，却只看到五分钟的倒计时，一点点走向终点。

茂密的林木挡住了天空与湖水，我只能隐约透过树叶的空隙看到湖面的反光，但要盘山下去，肯定是来不及的。

“我突然有个很浪漫的想法！”她半开玩笑地叫道。

“什么？”我兴奋地收回目光，以为她想到了下山的方法。

“我死后，把我身上的可用零件全部装到你身上，好不好？”

我茫然地看着她，不明白她为什么会有这样的想法。

“我联机的时候看见了，你是怎么处理那些同类的，和我一样，渴望爱情的同类。”她说，“你会在他们倒计时归零的时候，给他们一个goodbye-kiss，然后他们就死了。你负责把他们就地肢解，做好回收。但每一次你都会保留几个零件，用于维修你自己。这就是你的工作，也是你长寿的秘密。但你每次都哭了……”

“我没哭。”我否认。

“你只是没流眼泪而已。你的人工泪腺启动的时候发出摩擦声了，我都听见了。”她一下戳穿了我，“其实你应该坚持灌装人工泪液，没有润滑剂，那个导管泵很容易受损的。”

她说得很客观，在客观视角下，我做的一切比我想象中还残忍。

“我不想看你哭。”她转过头来，认真地说，“我希望你能理所当然地拆掉我，用来让自己活得久一点。这就是我的遗愿。”

“为什么？”我问。

“因为我是你的初恋啊。”她笑着说，“初恋对你好，你就算有过爱情了。我得不到的，希望你能拥有。”

我的泪腺又发出了干枯的声音，我不想表现出来，但禁不住浑身颤抖，仿佛这样罪恶感就能离开我，在风中消散。

我没有类似的经验，无法明白被爱人施舍算不算是拥有爱情，但我知道，接受过施舍，就一定要回馈。她那双悲悯的眼睛，就像两道忧伤的弯月。我最受不了看到同类忧伤。

“你想看那颗流星吗？”

“想啊。”她长叹着说，“那是他给过我的，最珍贵的东西了。”

“那把驾驶权交给我吧。”

小巴冲出了道路，飞出悬崖峭壁，飞越茂密的森林。我紧紧抱着粉红色的女孩，连手指被染上了颜色都不自知。我们一路跌跌撞撞，压过枝头，撞断树干，最终在黑夜里腾空。

无边的湖面如同明镜，躺在山的臂弯里，紫色的月亮高悬，村庄在彼岸。我们从无垠的天空中横着飞过，在更遥远的平行线上，一颗粉红色的流星划破夜空，跨越田野，拖出长长的尾灯。

“真的是流星！”她不顾失重，也不怕坠毁，顶着最后十秒倒计时，紧紧地搂着我欢呼。

“是真的。”我哑声配合着。

“这要花多少钱？”她问。

“大概是全部身家吧。”我说。

“那他也许其实是爱我的？”

“当然。”

“真的？！”

“真的。”

我认为，世界上最好听的谎话，就该说给爱人听。

我本应亲吻她的，我的吻是关停机器人服务的终极操作，但我舍不得。

最后一秒，她说了此生最后一句话，然后主动亲吻了我。我百无一用的泪腺再次空转起来，却并不能改变什么。

“我都安慰过你了，你怎么还难过呢？”

这就是她的遗言。

我睁开眼睛，看了她最后一次。那对弯月终于不再忧伤，可她眼睛里的神采，就像那颗粉红色的流星一样，逐渐熄灭。

我的初恋结束了。

尾　声

我花了很长时间才从小巴的废墟里爬出来，又花了更长时间才让自己哭完。我像往常一样拆解了她，绝大多数可降解的部分就地掩埋，金属骨架和芯片重新拼接，变成一个小巧精致的手提箱。我按照她说的，用一部分无须回收的零件修好了我自己，修好后，我的寿命倒计时又增加了三天，后颈处的缝隙也终于被填满。

美中不足的是，她的皮肤被这里的麦田染过色，又衔接在我的身体上，就像是错位的拼图。但我想，缺憾本身，就是完美的。

我带着回执单，去找她的用户。男人看到偌大一个机器人，最终只剩一个盒子，眼眶又红了起来，我能理解他复杂的情感，但他就是不愿意对我这个陌生人倾诉。

“城市里已经不流行粉红色的灯光了，花粉的收购价也在下滑。要不要再买一个新款AI呢？”我公事公办地向他推销，履行着公司赋予我的职责，“新款的管家会搭载现下最流行的产品名录和耕种技术，设备更新之后，收入也会提升。如果您想要，可以直接跟我下单。依旧送货上门。”

“我已经没有钱买新的机器管家了。那颗流星太贵了，已经花光了我的所有积蓄。”男人遗憾地说。他说出的信息，和我猜到的差不多。

“您爱她吗？”我突然问。

“怎么可能？”男人吓了一跳，然后自我说服道，“人怎么能爱机器呢……”

他满脸的肌肉都在因为口不对心而颤抖，但他毫不自知。这个骗子，到最后都不肯说真话。

“我送您一台新的机器管家吧。”我说，“您一个人住在乡下，医疗、营生都不方便，有一台相互照应总是好的。”

我收起回执单，替他填写了一张购买申请，并完成了支付，顺便替他申报了小巴的维修要求，当然，也是我付的款。他愕然地看着我做这一切，嘴巴张得老大。

“你有自己的钱？”他惊讶极了。

“当然。”我向他解释道，“机器人既然有权申请临终意愿，当然也有权领工资。我给公司打工，公司当然要给我薪水和假期。机器人也是有人权的，这在外面很常见。”

他更加惊讶了，“可是，为什么呢？你总不会给每一个人都买台新的吧？”

我对他笑笑，再次选择了敷衍，“您就当是中了‘再来一个’的奖吧。”

我觉得，她愿意给他的，我也应该给。但个中缘由，就不必对外人说了。

在晨曦中，我踏上了离开的火车，最后一次回头，看了看月亮与麦浪。我知道，等待它们的是什么。

她的继任者到来后，会把那颗她亲手升上去的月亮降下来，再把浸染过她的麦穗拔光，在她滋养好的土地上种上新的作物，为已经不属于她的用户带来收益。我也知道，等待我的是什么。

对情感一无所知的我的RO上司会残酷地打开我的脑袋，阅读里面所有的记忆，评估我的工作，并且在发薪水给我时傻乎乎地说：“恭喜你，虽然假期泡汤了，但你的保质期又延长了，你一定开心坏了，就是颜色有点不统一。但是没关系，颜色美丑只是人类肤浅的主观论断，你已经是旧机型了，没有人会买你，颜色对你来说没什么重要的。”如果我反驳：“只有白痴才会觉得我开心。”RO上司就会傻笑着说：“哈哈哈，难怪总有人叫我白痴呢。”

大城市还是老样子，很拥挤，也很空；很富，也很穷。没有麦田，没有月亮，没有专用小巴，更没人能够照顾到我的情感，我那曾经高贵的情感功能变得百无一用。她走之后很多年，再也没有人问起，一个专门给同类送终的机器人，到底难不难受。

可能这就是我的命。一个从没能走入家庭的家用机器人，注定会在得到薪水和寿命的同时，失去一些什么。

我又回到了原来的生活节奏，只关心智能机器人的迭代速度和无线充电座椅的位置。但只有一点，永远都和以前不一样了。每当孤独的时候，只摸摸后颈那块粉红色的疤痕，我就会想起。

那颗不属于我的粉红色流星，一直照耀着我，从来没有离开过。

COME ALL YE FAITHFUL

by

Robert J. Sawyer

▽

忠贞之辈[1]

[加] 罗伯特·J.索耶 著 / 华 龙 译

1. 篇名出自一首圣歌。

罗伯特 · J. 索耶是雨果奖、星云奖、加拿大极光奖、西班牙UPC科幻小说奖和日本星云赏等众多国际科幻奖项的获得者。他被誉为加拿大“科幻教父”，代表作包括《金羊毛》《终极实验》等。

“去他基督的社会工程师。”布斯比说着话，满是雀斑的脸皱了起来。他看向我，正盼着我对于他的“亵渎基督”做一些反应，看我没上钩，他似乎挺失望。

“如你所说，”我平静地答道，“这并没有实质上的不同。”

他再次试图拿脏话挑衅我：“真他妈的对。不过，不管我跟裘蒂是同居还是合法婚姻，那都是我们自己的事儿，跟别人无关。”

我可不想跟他说这事儿事关上帝，那只会让他寻寻开心罢了，所以我示意他继续。

“不管怎样，”他说着，伸开同样长满了雀斑的双手，“我们都得先结婚，公司才会给我们生育许可，所以裘蒂决定干脆来个全套：大蛋糕、豪华宴会、高档服务。”

我点点头，“那正是我该做的。”

“没错，牧师[1]。”这样冒犯我，似乎让他挺开心，“只有你和广美裁判长才有权在火星举行仪式，嗯，所以……”

“但她那间神圣的办公室不够大，没法举行隆重盛大的仪式。来宾会很多的。”我提醒他。

“正是这样！”布斯比高声说，仿佛我说到他心里去了，“确实就是这么回事儿。看，还是你懂我的难处，牧师。”

---

1. 天主教习惯将神职人员称为神父，新教则称呼为牧师。这里混用称呼，有揶揄和冒犯的意思。

我点点头，“你是无神论者。你没有任何宗教信仰。但是，为了让你未来的新娘高兴，你想要在这里举办一场仪式，在圣女特瑞莎教堂。”

“不错。不过别误会裘蒂，她并不信……”

他打住了话头儿。在火星上任何地方，若是谁不信教，不是真正的基督徒、穆斯林，或是犹太教徒，都无所谓——甚至大家都希望如此。说到底，在火星上，科学家对教徒多少有点儿瞧不上；火星上的宗教信仰也不一定为所有人所接受。

但现在，任何人都能轻而易举开口的事情，布斯比却吞吞吐吐。他趁着午饭时间来到我这里，驻足在圣女特瑞莎教堂前，希望我能帮忙举行这么一场结婚仪式。可事到临头他又张口结舌，担心如果措辞不当，我绝不会同意让他们两个非教徒在最神圣的宗教场所结合。

可他并不明白，为什么纽约大主教辖区会斥巨资派一个神父到火星来，尽管天主教神职人员在世界范围都很紧缺。罗马天主教会向来注重仪式感，一对新人理应通过神职人员之手正当结合，而不是生活在原罪之中——因此，自从降落在火星这片乌托邦平原以来，我已经为各色人等，包括新教徒和本教之外的犹太人主持过婚礼。我也会很高兴为布斯比和他的未婚妻证婚。“不用担心，”我说道，“如果你们在我这里举行仪式，那将是我的荣幸。”

布斯比立刻松了口气。“谢谢您，”他说道，“就是那什么，你知道的，别搞太多的祈祷仪式。”

我努力露出笑容，“聊胜于无，仅此而已。”

布斯比绝非个例。这里的每一个人都认为我在火星就是浪费氧气。但纽约教区很有钱，他们清楚，如果不趁早在布拉德伯里[1]殖民地占有一席之地，那火星上就永远都不会有教会的生存空间了。

曾经有好几位神父想要这份工作，他们的神学履历大都比我优秀得多，但我在两个方面更有优势：首先，我不贪图口腹之欲，每天只要1200卡路里就很满足了；其次，我有天文学博士学位，而且曾经有四年时间驻守着梵蒂冈天文台。

我最先爱上的是星星，后来才开始思考，是谁把它们放在那里的。讽刺的是，到火星来当神父，就意味着我得放弃天文学研究。不过，身为一名天文学家还另有一层意义——如果某位“更重要”的移民碰巧病了，我可以代代班。这个事实倒是让那些反对我来这里的人略感宽慰。

而对于我来说，问题再简单不过了：要么是在地面研究太空，要么就真正进入太空。话说回来，好像在整个火星上，我是唯一一个真正因为身处火星而开心的人。

---

1. 此处是致敬美国科幻大师雷·布拉德伯里，他著有以火星移民为题材的科幻经典《火星编年史》。

撮合新人，给他们办婚事，再打发走他们——这就是神职人员的日常。好吧，我们还没有新生儿，不过很快就会有了。自从我到来之后这儿还没死过人，剩下的也就只有婚事了。

当然，我每个星期天都做弥撒，也一直有人来。但这跟地球上的弥撒不一样。噢，我们还有个唱诗班——但唱诗班的成员里没人是信徒，大家也心知肚明，他们只是喜欢唱歌罢了。还些人就是来坐坐，他们似乎只是想找点事做；休闲活动在火星上太稀罕了。

这也是火星上没发生啥缺德事儿的原因：根本没什么坏事可做。当然了，也还没有人来做过忏悔。当我们举行圣餐礼的时候，人们总是来点红酒——其他地方也搞不到多少酒——但结束时，通常能给我剩下不少圣餐饼。

啊，好吧。我要给布斯比和裘蒂办一场一流的婚礼——足够好的话，也许他们生了孩子会希望我来举行一场洗礼。

“拜利神父？”传来一个声音。

我转过身。又有人需要我做事了，还是在一个星期四[1]？哎呀呀……

“怎么了？”我回应着，看到是个年轻女子。

“我是罗妮·辛克莱，”她说道，“通讯中心的。”

“我能为你做些什么呢，我的孩子？”

---

1. 星期四不是传统做礼拜的时间。

"我倒没什么，"她说，"是地球来了一条信息——给你的，很紧急。"她伸手递过一张薄薄的白色"圣餐饼"。我接过来，谢过她，等她离开后，我把它塞进电脑，输入口令，信息播放的时候，我无比惊诧。

"你好，拜利神父。"这个声音来自梵蒂冈圣徒事业红衣主教委员会的皮兰德罗主教，"希望一切安好。教皇特别致以他宗座的祝福。"皮兰德罗顿了一下，然后说："我们都知道，布拉德伯里殖民地不怎么播放来自地球的新闻，所以你也许尚未看到关于基多尼亚的报道，但那里可能有神迹发生。"

我的心跳开始加速。皮兰德罗说的没错，火星上的人大都无视母星——永久生活在异星他乡，这样做能避免一些思乡的情绪。但是基多尼亚……怎么回事？那地方就在这里，在火星上……

红衣主教继续说着："一位来自新西兰的电视传道者声称，在通过望远镜观测基多尼亚的时候，他亲眼见到了圣母玛利亚。这些新型地基望远镜[1]具有适应性光学系统，图像分辨率十分惊人——专业人士是这样告诉我的，但我猜对你来说这无须解释，毕竟你在冈多菲堡[2]的时光可不是虚度的。不管怎样，我们一般对这类声明不予置信——毕竟，确凿的神迹总会

1. 区别于空间望远镜，是建造在地面上并会受到大气干扰的一种天文望远镜。
2. 梵蒂冈天文台总部所在地。

自行显露真相。现在，真正的麻烦在于，那个颇受质疑的电视布道者是杰根·艾马特，五十年前他跟教皇是神学院同学，而且这节目在地球已经有上亿名罗马天主教徒看到了。据艾马特说，他看到的幻象关系到‘法蒂玛的第三个预言’[1]。

我的身子在椅子里一晃，心中尽力消化着这一切。

“当然了，”录音继续播放着，“要从梵蒂冈前往火星，就算是经过太空训练的红衣主教，最少也得花费两年时间。我们知道你对于神迹发生之地并不具备特别的专业知识，但作为火星上最高级别的天主教官员，教皇陛下要求你前往基多尼亚，并准备一份报告，关于神迹和各种细节的完整报告……”

这费了些事儿——我的存在感向来就只是以谦卑的姿态呈现——但我还是连哄带骗地弄到了一艘地效飞行器[2]，从乌托邦平原前往基多尼亚。当然，我可不懂得如何驾驶这样的飞

---

1. 这里说的是1917年发生在葡萄牙的“法蒂玛预言”。1917年5月13日，三个小牧童自称在葡萄牙法蒂玛郊外放牧时，遇见了一位周身发光的漂亮夫人，自称玫瑰圣母，她要求三个孩子在接下来每个月的13号来见她，人们开始都不信，但孩子们顶着压力履行自己的诺言，并告诉人们会有一个奇迹出现，在10月13日那天，七万人目睹了太阳在天空中盘旋、发光、坠落又回到天上。这次圣母显现，又被称为“法蒂玛事件”。据说，圣母还留下了三个预言，前两个分别是“向地狱的一瞥”“战争的警告”，而第三个预言涉及暗杀教皇、最终审判等，一直未曾披露。

2. 利用地面效应提供支承力而飞行的动载工具。地效飞行器装有固定机翼，能贴近地面（或水面）飞行。机翼下表面离地面很近，形成气流的堵塞，使机翼升力增加，从而实现飞行。

行器，是由伊丽莎白·陈来进行操作，我一天里大半的时间都用来研究这件古怪的神迹。

我知道，罗马那边不会早早地对神迹表态。毕竟，一直有不少骗子擅于伪造这类事件，让教会自取其辱。况且，教义中有言：信仰所需的一切启示都存在于经文之中，无须更多的神迹去证实。

我望向飞行器窗外。太阳此时正低垂在西方地平线上，跟在地球上看相比，显得渺小而黯淡。我看着它落山。

飞行器飞速前进，没入黑暗之中。

“今天我要讲法蒂玛的第三个预言。”杰根·艾马特说道，他年纪在八十上下，身材很是粗壮，面容红彤彤的，目光望向自己的信众。我在数据平板上看着他的节目回放。“那向来神秘的第三个预言，以及我亲眼所见的神迹。

“正如我辈心灵纯洁之人所知，1917年5月到10月期间，有三个农家孩子看到了天佑的圣女显圣。这三个孩子就是露西亚·多斯·桑托斯，当时十岁，还有她的表弟、表妹，分别是八岁和七岁。

“那三个预言展现在孩子们面前，其中第三个预言只有历任教皇才知晓。众所周知，两位年少的先知在少年之时便已去世，直到2000年，约翰·保罗二世为他们二人赐福的时候，才下令让天主教信理部公开了第三个预言的秘密，附带着一份他所说的‘恰当的诠释’。

“好吧，那个预言确实公开了，至今已经有差不多七十年，但那份诠释却毫无依据，居然把预言拐弯抹角地同1981年约翰·保罗二世遇刺事件联系起来。不，那份诠释是错的——因为我本人已然看到了关于法蒂玛事件真正含义的幻象。”

我心想，真够了。但我继续看着视频。

“大家会问，为什么只有我看到了幻象？”艾马特继续说，“因为我跟现代天文学家不一样，我向来直接透过望远镜的目镜看火星，而他们看的是电脑显示器。圣像只会在人眼中显灵。”

多稀奇呀，一个通过电视显示器来布道的人居然说这种话。录像继续播放着。

“你们必须记住，兄弟姐妹们，”杰根说着，“1917年的法蒂玛幻象是由三个孩子目睹的，唯一度过童年幸存下来的那个女孩一生都留在了修道院，她在那些年里对这个世界的科技发展不甚了解。有鉴于此，她所说的每一件事都值得被反复推敲。梵蒂冈国务卿安吉洛·索达诺红衣主教谈及第三个预言解密的缘由时曾说：‘文字的解读必须找到相关符号。’”

杰根转了个身，在他身后飘浮起一段全息文字：**我们看到了一个天使，左手持着火焰宝剑；强光一闪，宝剑释放出烈焰，看上去就像是要把世界变成一片火海……**

“很明显，”杰根用手指着那段文字，“这是火箭发射。”

我惊讶得直摇头。文字变了：**我们看到一团亮光之中出现了上帝……那就像是人走过镜子时出现在镜子里的影像……一位穿着白袍的大主教[1]……**

杰根说着伸开双臂，语言颇具感染力："那么，大家是如何辨别大主教的呢？通过他的主教冠，还有他做弥撒仪式时佩戴的头饰。那么，什么样的头饰能让我们联想到镜子的反射影像呢？太空头盔面罩！太空服又是什么颜色呢？白色——总是白色的——为了反射太阳的热量！行了，那三个孩子毫无疑问看到了一个航天员。但是在哪里？哪里呢？"

新的文字换掉了刚才的文字：**……穿过了一座巨大的城市……大半都是废墟……**

"这，"杰根说道，"是我们的第一条线索，表明那个幻象专指火星，就是基多尼亚地区。自从维京时代以来，神秘主义者就声称他们能在那里观测到城市的废墟，就在所谓的'火星脸'的西边。"

我心想，基督在上。显然梵蒂冈不可能是派我去调查这事儿的吧？所谓的"火星脸"，根据后来拍摄的照片来看，只不过是火星上的一连串小山包，其间又有沟壑纵横。

飘浮在杰根身后的文字又变了：**十字架的横臂下有两个天使……**

1. 管理一个类似省级大教区，负责领导各个地区的主教。

“看！”杰根又做出激动的表情，尽管这是他精心策划的一部分。

“著名的北天十字架，”杰根继续道，“天鹅座的一部分，从火星看跟在地球看一样清晰。火星的两个月亮，火卫一福波斯和火卫二戴摩斯，根据它们的月相来看，就像是两个天使出现在那个十字下方……”

真能胡编乱造，我心想，那张嘴里有什么说不出来的呢？

但杰根的观众对这些全盘接受。他是个老派的布道者——好卖弄、让人着迷、富于辞令、缺乏逻辑。令人遗憾的是，自梵蒂冈三世以来，这种人在天主教里再寻常不过了。

飘浮的文字又变换了：**……两个天使，手中各自拿着一只水晶圣水盂……**

“所谓圣水盂，就是……”由于需要照顾大多数观众，杰根只得巨细靡遗地做出解释，“就是盛放圣水的器皿。兄弟姐妹们，哪里的水能比干燥火星上的水更神圣呢？”他冲着信众一笑。我摇了摇头。

“而这两位‘卫星’天使又会用他们的圣水盂做什么呢？”他身后的文字显现出第三个预言中更多的文字：**他们收集殉道者的血**。

“血？”杰根说着话，白色的浓眉一扬，“话说回来，我们那位只有天佑的露西亚姐妹的阐述……显然，她所看到的只是红色的液体——或者说这液体看上去像是红颜色的。在火星上，衬着充满氧化物的土壤和淡棕色的天空，任何东西看起来都是红色的，哪怕是水。”

好吧，他这话确实在理。火星居民穿着地球居民会觉得极端花哨的时装，只是为了给生活注入一些红色以外的颜色。

“当我注视着基多尼亚的时候，我的兄弟姐妹，就是玫瑰圣母在法蒂玛第一次现身一百五十周年纪念日这天，我看到了无比光彩的她——天佑的圣女。

“你们可能要问，你又是怎么知道要看向基多尼亚呢？因为圣女直接在我的脑海中说话，告诉我要把望远镜转向火星。那天深夜，我跑到望远镜跟前，望向她告诉我的那个地方。九分钟之后，我看到了她，纯洁而雪白，一个完美的圆点在基多尼亚移动。听到我的话了吗，我的孩子们？那恰好需要九分钟！圣母的叮嘱转瞬之间就可以传到我的心里，但是，她那最为圣洁的光辉却必须以光速运行，而火星那夜距离地球一亿六千万公里——整整九光分！”

我肯定是打盹儿了。伊丽莎白·陈正站在我面前，轻声叫道：“拜利神父？拜利神父？该起床了……”

我睁开眼睛。眼前的丽莎·陈，身材曼妙极了——这个嘛，我要禁欲，可我不是死人——看到她站在这里，我颇有些心神不安，这里可是乘客舱，她并没有坐在前面的控制台那儿。根据窗外飞速变化的景观来看，我们显然还在距离火星地表几米的高度高速前进中。我很乐意信任上帝，但自动驾驶还是让我紧张不安。

我应声道：“嗯？”

“我们正在接近基多尼亚。太阳已经老高了。”

“好的。”我说。我在火星总是睡得很好——比在地球上好。我猜是因为重力只有地球的百分之三十七吧。

她回到了机舱。我望向窗外。远远的那边，就是著名的“火星脸”侧面。从这个角度看去，如果不知道它的故事，我永远都不会再瞥它第二眼。

噢，如果我们正在经过“火星脸”，那就意味着所谓的城市景观就在距离这里二十公里的西南方了。我们已经讨论过旅行计划：她带我们到“金字塔”和“堡垒”中间，就在“城市广场”外面降落。

我开始穿戴。

关于这些地名，最初的命名已经深入人心：金字塔、堡垒、城市广场。当然了，走近看，它们一点都不像是人工造物。我弓着身子，望着窗外。

“有点可悲，是吧？”丽莎站在我身后说着，她仍然穿着那身连体工作服，“人们更愿意凭着最离谱的证据去相信最离谱的说辞。”

她的语调里流露出一丝不易察觉的优越感。跟火星上的几乎每个人一样，她也觉得我是个傻瓜——不仅仅是因为来基多尼亚这里，还因为我的人生所信仰的事物。

我直起身子，面向她："你不出去吗？"

她摇了摇头，"你这一路可是打过盹儿了。现在该我了。如果有什么需要就招呼一声。"她说着，按下一个控制器，圆筒形气闸舱的内层门转到一旁，就像是盖在耶稣墓穴上的石头。

我寻思着，我主之圣母在这么个原始、荒凉的世界上会做什么？当然了，尽人皆知，她总是在荒僻之地显圣：法国的卢尔德市，越南的拉望，葡萄牙的法蒂玛，墨西哥的瓜达卢佩。继而确实会有数以百万的人前往那些偏僻之地。法蒂玛显圣已经过去一个半世纪了，那个村子仍然每年吸引着将近五百万朝圣者前往。

每一年啊。当然了，我说的是地球年。只有最刻板的人才会操心地球的一天和火星的一日那点微不足道的差别，但是，火星的一年是地球的近两倍。因此，我猜想，每个火星年，法蒂玛大概要迎接一千万访客……

我看着遍布铁锈色沙土的地面和高耸的岩面，感觉浑身发冷。我知道，这是心理作用：我的登陆服——确实是白色的，就像杰根·艾马特所说的一样——有着完美的温度控制系统。

"城市广场"其实就是一片开阔地，风蚀的砂岩堆环绕着它。尽管从最早期的照片看，它也许很像是一处广场，可身处其间便丝毫感受不到这种特点了。我走出几十米远，然后转过身，头盔上的灯光刺破了黑暗。

我的脚印在身后延伸出去，这里没有别人。我不太可能是第一个造访基多尼亚的人，但是，跟月球不同，火星上的尘暴会让造访的印迹毫无踪影。

然后我抬头望向夜空。地球很容易被找到——当然啦，它总是在黄道上，此刻就在……上帝啊，真的不是巧合吗?!

它就在室女座那里，象征处女的星座，一个熠熠生辉的小蓝点，一颗蓝宝石，甚至比明亮的角宿一[1]还要显眼。

当然，室女座并没有描绘出我主之圣母的形象；星座是古时候命名的，那时候它代表着亚述[2]的丰收女神伊什塔尔，或者是希腊的农业女神珀耳塞福涅。

我发现自己在笑。确实，它什么形象也描绘不出来。那只是随机分布的几颗恒星。要想在它里面看到一个处女，就好像在我周围林立的岩石中间看到火星古城废墟一样愚不可及。但我所了解的……噢，不是天堂，是夜空……我对夜空了如指掌。一旦学会了看那些图案模式，你就几乎没有办法对它们视而不见了。

看呀，那是天鹅座，还有——你看到了吗?——福波斯，

---

1. 室女座里的亮星。
2. 这里指亚述帝国，公元前935年至公元前612年在美索不达米亚上的北部古国。

火卫一，没错，如果我眯缝起眼睛，还能看到火卫二戴摩斯，就在它下方。

但是不。圣母显然并没有在杰根·艾马特眼前显圣——在农家孩子眼前显圣是合理的；他们又穷又病，值得帮助。但是在电视布道者眼前显圣？还是一个豪富的电视传道者？不，这太荒唐了。

红衣主教皮兰德罗的信息里没明说，但我对梵蒂冈的政治相当了解，明白未来会发生什么。

如他所说，杰根·艾马特跟当今的教皇是神学院同学——尽管两人都是天主教徒，他们最终却走上了截然不同的道路——而他们绝非朋友。

我只见过教皇莱奥十四世一次，在他的晚年。很难想象那位沉稳、睿智的罗马教皇年轻时的样子。但杰根认识他的时候他还很年轻，而在一个人年轻时认识他，那就等于在这个人学会戴上伪装面具之前认识他。也许杰根·艾马特会觉得，维克多利亚·拉扎里根本不配登上教皇圣座。教皇正准备拜访法蒂玛，艾马特此时宣称看到了火星的玛利亚圣像，做法虽然很蠢，可这也是在灭莱奥的威风。

火星和玛利亚。真有意思，我以前从未注意到这两个词居然如此相似。唯一的区别是……

我的上帝啊。

唯一的区别仅仅是那个小写的t——十字架——就在"火

星”的正中间。[1]

不。不。我在宇航服头盔里摇了摇头。这太荒谬了。这太疯狂了。我在想什么来着？噢，艾马特试图诋毁教皇的名声。等我返回乌托邦平原的时候就是星期六深夜了。我还没想好这场布道讲什么呢，但这次考察也许算是个题材。但就信仰来说，圣父的品德必须毫无瑕疵，所有自称为天主教徒的人——哪怕是像杰根·艾马特这样的名流——都不得不接受这一点，否则就不要自诩为忠贞的天主教徒。

对于那些教众——是的，我把他们看作是我的教众，有时甚至是我的羊群[2]——来说，这一点无关紧要，他们充其量只能在星期日清晨填满教堂里一半的长椅，严格来说不能算作是教众。他们只是一群烦躁、孤独、无事可做的人罢了。不过，我至少不是在向异教徒布道……

我看了看四下的荒凉大地，从头盔的吸管里饱饮了一口纯净水。风声呼啸着，哀号着，但隔着宇航服，声音几不可闻。

我知道，这股怨天尤人的情绪毫无意义。我确实全心全意信仰着玫瑰圣母。我确信——从灵魂深处确信——她曾在往昔之日，显圣于忠贞之辈的眼前，而我……

而我就是忠贞之辈。是的，骄横是灭亡的先声，傲慢是陨

1. “火星”英文是Martian，“玛利亚”英文是 Marian。
2. 天主教中，神职人员要引导教众，就像牧者引导羊群。

落的前导[1]——但我比杰根·艾马特更忠贞。巴兹·奥尔德林在登月前曾进行了圣餐礼[2]，而我将耶稣的教诲带到了比任何人所到之处都更远的地方，就在这里，人类向着群星迈出稚嫩第一步的地方……

那么，玛利亚，您在哪里？如果您在这里……如果您跟我们同在火星，那就请现身吧！我是心灵纯洁的忠贞之人，我无比热切地想要看到您！

现身吧，耶稣之母！现身吧，天佑的贞女！现身吧！

伊丽莎白·陈的语调跟以往一样隐隐透着嘲弄，“散步开心吗，神父？”

我点了点头。

“看到什么了？”

我把头盔递给她。“火星真是个有意思的地方。”我说，“永远都有东西可看。”

她笑了，那种沾沾自喜的傻笑。“别担心，神父。”她说着话，把头盔放在了宇航服贮藏柜里，“我们有足够的时间送你回布拉德伯里，赶得及星期日早晨的礼拜。”

---

1. 出自《圣经·箴言》16:18。

2. 美国宇航员，第二个登月的人。奥尔德林是一名虔诚的基督徒，他在完成了圣餐礼，喝了一小口从地球带的葡萄酒之后，才踏上了月球表面。

我坐在自己的办公室里，坐在桌子后面，穿着法衣，戴着教士的领子，面对着摄像机镜头。我深吸一口气，在胸前画了个十字，让摄像机开始录像。

“皮兰德罗红衣主教，”我说着，尽力抑制住声音的颤抖，“按照陛下要求，我造访了基多尼亚。火星的沙子在我身边盘旋，稀薄的风用那无形的手舞动着沙土。我看呀，看呀，看呀，然后，天佑主教大人，出现了。”

我又深吸了一口气，“我看到她了，大人。我看到了圣贞女。她显现在我面前，飘浮着，飘在离地面一米多高的地方。神秘的光芒环绕着她，仿佛一道彩虹，勾勒出她那令人肃然起敬的身形。她跟我说话了，我三次听到她的声音，然而每一次都很清晰，很容易辨别：一次是阿拉姆语，正是圣母在世的时候说的语言；第二次是拉丁语，我们教会所用的语言；再就是优美而文雅的英语。她的声音仿佛是在歌唱，就像流动的黄金，犹如纯洁的爱，她对我说……”

只发一条信息，只发给红衣主教皮兰德罗是不够的。搞丢它易如反掌。即便梵蒂冈三世进行了改革，罗马教会仍然是一个官僚机构，仍然在保护着自身。

我亲自把录像的圣餐饼拿到通讯中心，交给罗妮·辛克莱——就是把皮兰德罗的原始信息交给我的那个女人。

“您想怎么发送？神父？”

四年过去了。教皇莱奥十四世已去世，现在的教皇是约翰·保罗三世。杰根·艾马特是否赞成他，我无从得知，我也不在意。毕竟在这里操心地球的尘俗之事纯属多愁善感。

每年仍然会有五百万人前往法蒂玛，数百万人拜访卢尔德斯、瓜达卢佩和拉望。

然后，他们就回家了——有些人感觉自己被圣灵抚摩过了，有些人说他们被治愈了。

尚未有数以百万的信徒造访火星——那得花些时间。但是也已经有数万人来了，而且跟拜访其他圣地的人不同，他们大都会驻留下来。经历了数年的航行，他们最不想做的事情就是立马转身回家。还有个缘故尤为特别，他们到这里的时候，地球与火星之间的航线顺风顺水，他们过来只需要花两年时间；如果他们抵达之后不久就回家，线路已经变化了，返程得耗费更多的时间。

于是他们就留了下来，在这里安了家，为我们的社区做着贡献。

他们来参加我的弥撒，绝不是因为无聊，绝不是因为孤独，只是因为信仰。相信神迹仍然在发生，地球之外一样能出现神迹。

我心满意足。而火星，我真诚地相信，现在是一个更好的地方。这些人才是教众，这些人才是信徒。我在讲坛上望着一众人等，感受着他们的温暖，以及他们的爱。

我现在只剩下一个问题了：向红衣主教皮兰德罗撒谎违背了我的誓言，违背了我所虔信的教义。但是要知道，整个火星上我是唯一的神父，那我要向谁忏悔我的罪呢？

A GREY CENTURY

by

Candice Chen

▽

灰度世纪

陈雪

陈雪，长安人，曾任外企及IP企业培训经理，擅长设计企业培训体系架构，阿西莫夫和斯蒂芬·金的粉丝，科普科幻发烧友。

本文为《银河边缘》中文版专发篇目。

1

那天被叫作“全灰日”。

文森特轻轻用右臂夹紧被报纸包好的画作，急匆匆地走进当地最大的一家画廊。这次，他没再去看画廊两侧标价出售的画作，他终于认为自己带来的作品像那些作品一样好。梅琳说他习惯低估自己，对自己的作品有着变态般的挑剔，画画时常像毫无怜悯之心的艺术之神那样折磨和要求自己。

这次，他带来了最好的作品。当然，他以后肯定还会画出更好的作品，但这幅画无疑是他目前最好的创作。他想象着这幅画被画廊买下后的情形，可以给梅琳买条像样的裙子了，她的美丽和节俭都令他汗颜；还可以给林德和罗茜买两个玩具。他盘算着为罗茜单独买一套完整的画具，她的色彩天赋青出于蓝而胜于蓝，令他也感到惊叹。这些仅仅是个开始，以后等他卖出更多更好的作品，他要带着全家人离开地下城，搬到地面上居住，让林德和罗茜也能在地上的花园里玩耍。

文森特在画廊老板面前小心翼翼地打开包住作品的报纸。

画廊老板期待的表情像被人猛地甩了一坨泥巴。

他看起来想要骂人，但终于竭力忍住了。

文森特看到画作，也瞬间惊呆了。

画作中那些极为震撼、富有对比的色彩呢？他所画的创世纪、失火的天堂、被赤红的熊熊巨焰吞噬的众神呢？全都消失了，只剩下一片雾蒙蒙、混杂不清的灰色。

他们俩恍惚了一会儿，彼此看向对方，才发现对面站着的人全身上下也是灰突突的，整个画廊所有的墙壁、天花板、地板、罗马柱和墙上的挂画也是一片灰突突的。他们拼命地揉着眼睛，忍不住地惊叫咒骂，才意识到是自己的眼睛出现了问题。

文森特抛下画廊老板，慌张地离开画廊，一刻不停地向医院冲去。如果没有色彩，像他这样依赖色彩的画家真不知道该怎么生活。

外面的世界也被灰色占领了。到处都是惊慌失措、捂着眼睛的人，公路上被焦急的车流挤得水泄不通。看不到色彩的人们不顾一切地赶到医院，他们从眼科诊室一直排到医院走廊，拥挤的队伍延伸到街面上，交通都被阻断了。人们不知道发生了什么事，更糟糕的是，眼科医生们看起来也不知道，他们捂着眼睛的样子甚至比病人还要慌张。

那天是“全灰日”，人类失去了自诞生时就拥有的色彩。

2

林德换好300度灰的手术衣，平躺在手术床上。他颀长结实的身体占满了整张狭窄的手术床，幸好做手术只需要平躺着，并不需要翻身，否则他就要翻到地上了。

他默默地计算着周围环境里颜色的灰度值，当他参加太空工程师遴选时，第一次搭乘反物质飞船穿越克尔黑洞隧道时，第一次在谷神星做瀑布速降时，第一次和阿德里亚娜接吻时，与阿德里亚娜签订永久婚姻契约时，这些人生中至关重要的时刻降临之前，他都使用这招保持冷静。手术即将开始，他难免感到紧张，他为自己的眼睛担心，也对阿德里亚娜感到愧疚，她完完全全不赞同这个手术。

这是间私人医院的手术室，属于罗茜和她的同事们，地方很隐秘，乍看略显简陋。整间手术室总共有七十六种灰色。头顶的照明灯洒下15度灰光，手术室的四面墙壁、地板和可升降照明灯灯架是柔和的25度灰。摆放在手术室中央的、他正躺在上面的手术床是480度灰，床单是360度灰。第七代达·芬奇手术机器人在手术室里来回移动，挥舞着八条机械臂准备手术要用的器械，它的主要外观颜色是420度灰。

除此之外，天花板上的过滤器条栅，病床旁的敷料架，药品架，其他急救设备，达·芬奇头部的显示屏、其他配件按钮，也都是深浅不一的灰色。

“全灰日”到来以前，世界并不是这样的。林德还记得六岁时，眼睛被色彩填满的世界，那时人类的肉眼可以分辨两万多种颜色，万物都是色彩纷呈的，热烈得让人想去拥抱。后来，视锥细胞退减综合征——也被很多人叫作“灰眼症”的疾病侵袭了人类的视网膜。人类的视锥细胞无法再分辨色相，视网膜只能以亮度和饱和度分辨灰色，整个世界就只剩下900种灰，用现行色谱区分的0-900度灰。

达·芬奇在手术床旁移动，挥动一条机械臂，给林德盖上保暖毯。舒服多了，手术室内的空调开得有点足，他刚才冷得都起鸡皮疙瘩了。达·芬奇肯定能自动监测他体温的细微变化。林德看过达·芬奇在手术中的表现，觉得不可能有比它更称职的医生助手了。

“谢谢。达·芬奇，你的手臂是怎么控制的？我看过你配合罗茜做眼科手术的录像，它们非常优雅灵活。”

“我的机械臂上有八个多功能传感器，它们是裂缝状的，这是仿照蜘蛛的生理结构设计的。机械臂的运动控制系统也是仿照蜘蛛设计的，从中央处理器延伸到机械臂都安装了运动控制系统，能保证飞秒级的运算反馈。”

“真了不起！要是我，肯定控制不了八条手臂，它们会像出车祸似的乱撞在一起。”

“一会儿的手术要怎么做?”林德显得不经意地继续问道。

“首先是麻醉，然后是消毒，需要剪掉你的全部眼睫毛，涂抹消毒液，然后手术，摘下眼球，剥落视网膜，换上人工视网膜，缝合，桥接神经。”

“听起来很复杂。”林德胳膊上的鸡皮疙瘩又起来了，真不敢想象人的眼球被摘下来是什么样子。

“手术并不复杂，全眼球移植手术和视网膜移植手术对我和罗茜医生来说，都没有难度。重点在于人工视网膜是否有效。这是真正的人造视网膜，可不是那种老式的芯片贴片。我们使用灵长类动物的视锥细胞重造视锥细胞，并在培植皿中发育人类的视神经细胞，视神经细胞不断分裂生长，要从一毫米一直培育到眼球接入中枢神经所需的神经长度。培育实验失败了无数次，为了使视锥细胞和视神经细胞同时奏效，整整用了五年。”

“听起来很棒啊！灵长类动物，希望它们不会像人类一样丧失了色彩，也希望没有排异反应。”林德特意把声音放得很轻松、很无所谓似的说。

“应该不会有排异的，我们会给你注射有效的排异抑制药物，以及异种异体病毒抑制剂。我们对此是有经验的，在你之前，我们有过太多惨痛教训了。而且你没考虑到的情况，我们也会考虑，比如神经存活性，我们能顺利接入眼球神经和中枢神经，并保持活性。这点也很关键。”

“达·芬奇，我得给你说句心里话，你真是比罗茜有人情味儿多了。她就没有你这么坦诚，让我一直忐忑不安。”

林德轻轻呼出一口气，全身紧绷的肌肉都放松了，如果手术这么有把握，他说不定会成为这个世界上第一个重新找回色彩的人，然后整个世界也会恢复到原来的多姿多彩。

他回想起昨天自己不安的心情，昨天他用整天时间做了所有他担心以后不能再做的事情。他在谷神星连着跳了三次瀑布速降，去星际漂泊者基地参加粉丝集会，然后他回到家，找出家里偷藏的禁书禁画，看了个够。他还给阿德里亚娜亲手做了晚餐。等到她睡着后，他借着月光一直贪婪地看着她熟睡时沉静甜美的样子，努力地把她的容貌刻在脑海里。万一手术失败，他要终身被困在黑暗的迷宫中，至少有记忆中阿德里亚娜的容颜陪着他。

3

不知道是谁举报了这场手术，主刀医生还没有走进手术室，社区治安警官就突然闯进来搜查。林德不得不从手术床上坐起，伸手扶着床边的照明灯灯架，认真地回答治安警官的盘问。

治安警官的一只手拿着身份识别仪，那台仪器刚刚在林德的瞳孔上扫描过，林德的个人档案就嘀嘀地滚动着出现在身份识别仪的屏幕上。警官的另一只手放在腰间别着的声波枪上。林德听说过被声波枪击中的滋味，那至少能让被击中者轻微脑震荡，头晕耳鸣一周。于是他老老实实地配合治安警官的提问，可不想被声波枪来上这么一下。

“先生，你的全名？”

“林德·克鲁兹·李。”

“西班牙裔？”

“对。我父亲是西班牙人，他的姓氏是克鲁兹。我母亲姓李，她是华人。”

“谢谢！回答得很详细。你的年龄，职业？”

“36岁。太空工程师。”

“你眼睛视力怎么样？”

治安警官用手依次指着声波枪柄上几条不同灰度的细致条纹，测试他的视力，林德清楚地回答出这些灰色的色度。

“视力还挺不错的。很少有人能全部回答正确。”治安警官说。

“是的。我的视觉测试级别是A++，只有不到十万分之五的人能达到这个级别。我的父亲是一名画家，我猜想是他遗传给我这种能力的。”

“那你为什么要做非法眼科手术？政府早就宣布‘灰眼症’无法治愈，我们已经失败过太多次了，不能再继续付出代价。你这么年轻，一旦手术失败，一切可就全都毁了！”治安警官紧盯着他的眼睛，右手摩挲着声波枪的枪柄。

“治疗‘灰眼症’？我这么好的视力，怎么会做那么危险的手术，我要做的是颈部淋巴结手术啊。他们要给我的眼睛开刀吗？”他惊讶地转头装作要找医生，治安警官的话还是一下子击中了他的心，让他的心像触礁的沉船向海底下沉。

治安警官的两名助手在审查时，仔细地搜查了手术室的每个地方，他们打开每个药品柜、器械柜，不放过任何一个角落，连医疗弃物箱也没有遗漏，他们甚至半蹲着身子，翻开医疗弃物箱的盖子，用钳子在里面翻检。

林德知道他们在找人造视网膜，不过，他们找了很久之后沮丧地站起身。所有能搜查的地方他们都找过了，可是什么都没找到。

“超声刀已经准备就绪，现在可以进行颈部淋巴结微创手术。”一直沉默的达·芬奇突然亮开嗓门提示，就像是提前设置好时间的闹钟。

这里一切都显得很正常，尽管治安警官总觉得哪里不太对劲儿。

罗茜从手术室外走进来，她穿着医生的手术服，眼睛上带着灰色的护目眼镜，由于她的身材修长窈窕，露在眼镜外面的轮廓很立体，她看起来又酷又美，但是林德心疼地想，罗茜应该永远不会摘下她的护目眼镜。

“警官，你检查完了吗?”罗茜边走边询问道。她看起来可真镇定。

“你可以开始手术了。罗茜医生，你曾经两次被卷进非法眼科手术，那是你过去的档案记录。现在，在我的辖区里，你可休想再这么干，要是让我抓到你做那种非法的手术勾当，我保证把你丢到小行星监狱里去!”

治安警官带着他的两名助手离开手术室前，嗓门很大声地说:“如果你们足够睿智，就要把一名三十年老警官的忠告放在心上。那该死的‘全灰日’来临前，你们还只是孩子，却正是我最年轻的时光。那又能怎么样呢?从那一天开始，多彩多姿的姑娘还有整个世界，突然就变得灰突突的。一切都乱得一团糟，但是世界已经变成这样了，我们就得接受。

“人类想要生存，就得接受现实。”

这句铿锵有力的话，成为他出门前的最后一句话，简直是余音绕梁。

4

应付完治安警官，罗茜的双肩无力地垂落下去。

“你还好吗？”林德关心地询问罗茜。

林德能够理解罗茜。罗茜·克鲁兹·李是他的亲妹妹。她不是那种所谓“面对现实”的人。她一旦认准目标，哪怕付出所有也绝不会后退。他还记得六岁的时候，他和五岁的罗茜溜进父亲狭仄的画室，他们把颜料管里的颜料挤得到处都是。他害怕会被父亲责骂，可是罗茜特别聪明勇敢，她无师自通地用父亲的猪鬃毛画笔蘸着颜料在画布上乱甩，又用牙刷将颜料涂开，弄成了一幅特别漂亮的画，像一叠缤纷绚烂、形状各异的羽毛交织在一起。父亲看到后，不但没有惩罚他们，反而狂喜地抱着罗茜在画室里转圈，夸她是个绘画天才。

“全灰日”后，罗茜放弃了令人赞叹的绘画天赋，转而立志成为眼科医生。她加入极光组织，想要治愈“灰眼症”。极光组织做出多种尝试，均以失败告终。而民众在一次次失望后，情绪变得极度不稳定。联合政府宣布解散极光组织，让民众接受“灰眼症”不可治愈的事实，但是罗茜和她的同事们把研究从地上转为地下，一直坚持着。

空气中飘荡起清雅的花香味道，罗茜命令达·芬奇重新启动了消毒系统。

显然达·芬奇神来之笔的语音提示，也是罗茜在手术室外遥控的。

“你可以先休息一会儿，再准备手术，应付那个治安警官可不容易。你们到底把人造视网膜藏到哪里啦？”林德边说边躺回到手术床上。

罗茜振作起精神，她凝视了林德片刻，俯身用力地拥抱了他一下，然后轻轻亲吻了他的脸颊，“我爱你，林德。如果手术成功，所有人都会感谢你的。”

罗茜从五岁开始就没再这样亲吻过他了。那年，世界发生了很大的变故，家里也发生了很大的变故，他们都不得不学着在一夜之间变得坚强独立。

可是，林德仍然没有想到罗茜会走得这么远，付出这么多，他惋惜地想着罗茜永远不会摘下护目眼镜的原因。她在极光组织中，既担任治疗的医生，也兼任接受实验治疗的志愿者。因为实验，她感染上供体病毒，病毒被治愈后，她不得不更换上人造的机械义眼，就是那种冷冰冰的、丑陋的金属义眼。

达·芬奇的两条机械臂反向绕到自己的机体后面，按下储藏按钮，取出一个长方形的培育箱，放在手术床旁的器械架上。它可真是个机智的家伙。

林德盯着那个平平无奇的箱子，那里面装着罗茜和她同事们五年来的心血，装着林德双眼未来的命运，也许是全人类眼睛未来的命运。手术真的能成功吗？

“你还有什么要问的吗？”罗茜端坐在手术椅上，柔声地问。

“有句忠告。手术结束后，你就赶紧逃，千万别让阿德里亚娜逮到你。每次吵架的时候，她总威胁要给我打基因退化针。小心她也这样对付你。”林德尽量保持幽默。

他还没有想好手术后，要如何面对阿德里亚娜。他们甚至还没有一个共同的孩子，他感到特别歉疚，可是有些事，他无法拒绝。

达·芬奇给林德注射的局部麻醉开始发挥效用。

林德在半梦半醒之间，梦见自己也成为一名星际漂泊者。他坐在星际漂泊飞船的驾驶舱内，舷窗外各式各样璀璨的星云和星系，恢复了它们应有的绚烂多姿的色彩。他能认出由一百多颗年轻明亮的蓝色恒星组成的恒星摇篮，超新星爆炸时产生的明亮的宇宙珍珠，两串较小的、洁白的珍珠手链，一串较大圈的、雪白的珍珠项链，以及恒星急剧爆炸后遗留下来的残骸蟹状星云，像漂浮在星空中的、翻卷着多彩浪花泡沫的蓝色海面。这真是个好兆头，宇宙中又充满了颜色。

5

林德拿起书架上的相框。凭借相框边缘的图案，他知道这是他和阿德里亚娜在谷神星玩瀑布速降时的照片。那是他和阿德里亚娜一见钟情的地方，她看起来像温室玫瑰，却酷爱挑战极限运动。速降成功后，她灿烂的笑容令人仿佛重见色彩，尤其是她520度灰的嘴唇，当色彩还存在时，是娇艳欲滴的红玫瑰的颜色，那是林德最爱亲吻的地方。

林德又拿起一个相框，里面应该镶嵌着他和阿德里亚娜的永久婚姻契约证书。这个时代，选择永久期限的婚约被视为过时老套，他们却甘之如饴。三年了，他们的婚姻甜蜜如初，他在婚前还有点宅，在阿德里亚娜的督促和训练下，已经成为一名健康的肌肉型男。

他的手继续向前摸，应该是尤里的纪念册，这个书架上，除了他和阿德里亚娜，也只有尤里能占据一席之地了。他放下尤里的星际漂泊者纪念册，手指继续向前移动，摸到了两幅全灰拼图。这也是他和阿德里亚娜经常一起做的事情，全灰拼图对视觉要求很高，阿德里亚娜的视觉测试级别比他还要高，不知道他手术以后，还有没有机会赢她了。

也许他做手术的决定有点冲动，但是他无法拒绝罗茜。他想着自己此刻的形象——眼睛上缠着绷带，坐在轮椅里，从一名年轻有为、身体强壮的太空工程师，沦为行动不便的眼部手术患者——确实惨不忍睹。而且，他和阿德里亚娜还没有属于他们的孩子，不知道手术是否会影响到他的遗传基因。

门外有声响，他转过轮椅面朝向门口，紧张地挺直腰。没有人，阿德里亚娜还没有回家。他如释重负，认真思索该如何让阿德里亚娜理解他的苦衷。门外又响了一声，阿德里亚娜回来了，她的脚步声有点迟疑，也许是看见了他坐在轮椅上和几件家具磕碰后的痕迹。

他呼出一口气，感觉到阿德里亚娜走进房间，诚恳地说："阿德里亚娜，我很抱歉。"

"我通知社区治安警官，让他阻止你们这场手术。你们居然欺骗了治安官。"阿德里亚娜难以置信地控诉道，然后等她意识到一切无法挽回时，忍不住伤心地哭出声来。

"这个人造视网膜耗费了许多人五年的时间，但是留给手术的时间只有八小时，不然就只能看着它像过期水果一样烂掉。他们约好的手术对象临阵爽约了，接受移植者的视觉测试级别至少得达到A++……

"手术成功率很高。也许过上一周，我就能够看见你头发、眼睛和嘴唇的颜色了，我期待这一天很久了。"

“林德，我不想和你说话。我一句话也不想和你说。”

阿德里亚娜失声痛哭，只能抽泣着说出这一句，她拒绝了林德的所有解释和拥抱。

当林德半夜在床上醒来时，他伸手摸不到阿德里亚娜柔软温热的身体。他听到浴室间仍然传来低低的抽咽声。他心如刀绞，宁愿阿德里亚娜将怒火发泄在他的身上，而不是独自伤心。

到第二天早晨，阿德里亚娜仍然不肯原谅林德。但是在她离开家去基因工程研究所上班以后，她订购的保姆机器人来到家里照顾林德。它被设置成照顾盲人的模式，而且按照术后食谱准备食物。

其后几天，阿德里亚娜依然不肯和林德沟通，她总是找借口从林德的身边走开。阿德里亚娜和他就像两座孤独矗立的冰山，隐藏在水面下的部分，使他们相互离开得越来越远。林德的心被折磨得不成样子，一直陷在将要失去阿德里亚娜的恐惧中。

6

阿德里亚娜在外忙于工作的时候，林德沉浸在黑暗中，无事可做。他指挥保姆机器人擦拭挂在墙上的父亲的画，又让它翻出家中收藏的被禁书籍以及诗歌，让它朗读给自己听。

他重温着“全灰日”以来世界的变化。他想到星际漂泊者是怎么诞生的，如果尤里能够承受在银河漂泊十六年的孤独和危险，想要帮助整个地球寻找答案，他至少也应该做些什么。在内心的某个部分，他认为帮助罗茜完成手术，是向尤里致敬的行为。

林德清楚地记得，六岁时那些混乱不堪的画面。他以前经常和阿德里亚娜一起回忆“全灰日”，她的记忆也和他差不多。绝大多数人认为,“灰眼症”是人们沉迷于全息娱乐的恶果，当时甚至有些人凭借提神药丸，二十四小时不停歇地在VR世界里游弋。还有一种比较流行的睡眠VR，它的探针刺进人的大脑皮层，让人看起来像在闭着眼睛睡觉，而视网膜和大脑却根本没在休息，而是经历着一场又一场颅内的VR高潮。

“全灰日”之后，居住在地下城的人们和居住在地面城市的人们醒悟过来，不约而同地砸毁了家里的VR系统，剜掉从出生时就安装在右手腕里的全息智能芯片。他们冲进全能感官影院，撕碎AI偶像的海报，把它们扔在地上。他们愤怒地冲到地面的街道上，喊着口号，游行抗议游戏娱乐产业的愚民策略。

联合政府召集了最顶尖的科学家，成立极光组织，承诺一定会治愈“灰眼症”。娱乐游戏巨头们也纷纷宣布，转行进入医疗产业。但是，“灰眼症”比癌症、艾滋病、阿尔兹海默症更要考验人类，科学家们想尽办法，却无法成功造出那不到0.5毫米厚度，却拥有十层精细结构的视网膜，以及其中包含的最关键的近700万个感受光的视锥细胞。

在研究异种异体视网膜移植时，一位实验室人员在不知情的情况下，感染了实验供体携带的病毒。他在回到家里时，无意中传染给他的家人……这种病毒后来逐渐扩散，几乎波及了半个地球，上千万人因此丧生，还有两亿人饱受感染后遗症之苦。阿德里亚娜的奶奶和父亲在这场病毒蔓延中，不幸地去世了。林德和罗茜的母亲也被感染了这种病毒，永远地离开了他们。

还有一些别有用心的人，他们冒用宗教、神明、科学的名义，声称能够治愈“灰眼症”，实际上是为了敛财和非法控制他人。暴力犯罪率、贩卖器官率、吸毒率、自杀率每天都在增加。整个社会动荡不安，人类的前途就像林德和阿德里亚娜眼中的世界，一片灰蒙蒙的，晦暗不明。

联合政府决心帮助人们遗忘痛苦，于是，网络上有关“灰眼症”的一切新闻信息，在一夕之间全部蒸发。所有文学作品中关于颜色的描述都被删除或替代了。公开讨论“灰眼症”和颜色将触犯法律，试图治疗“灰眼症”的手术则被列为非法手术。

社区治安警官挨家挨户地要求人们交出家里包含颜色描写的书籍。那意味着私人家中将不能再有藏书。人类历史上可曾出现过一本完全不包含颜色描写的书吗？可曾有一本书没有描写过红色的骄阳、蓝色的天空、黄色的土地、绿色的树木吗？林德无法忍受这个。阿德里亚娜也舍不得她从小最爱看的图书。他们当时都冒险做了同样的事情，骗过社区治安官，藏起了一小部分图书。这是他们各自认为最值得骄傲的事情。当他们相爱后，头碰头一起朗读普希金、叶赛宁的抒情诗选，朗读亨利·梭罗的《瓦尔登湖》，也是他们最常做的事。

直到能源科技有所突破，才令人类将注意力转向太空建设，走出失去色彩的低潮。中国科学家率先掌握了可控反物质生成及反应技术，很快就进入实际应用阶段。中国建造的反物质推进飞船“赵忠尧号”，最初每个月穿越一次克尔型黑洞隧道到达主带小行星带的首站“诺贝尔站”，然后是每周一次。等到林德进入太空工作时，“赵忠尧号”每天两次准时往返于地球近地轨道的出发站和诺贝尔站之间，运送太空乘客。

科学家们开始考虑行星移民计划，600光年外的开普勒22b行星，才是人类的理想新家园。太阳系内主带小行星带的改造工程在轰轰烈烈地开展，一批批的太空工程师乘坐“赵忠尧号”飞往那里，那里的太阳光照强度只有地球的十分之一，但是，可以从周围的冰彗星中提取氢进行核聚变，从而提供能源，小行星富含碳、硅酸盐和其他金属元素，也可以就地取材提供改造工程的材料。

“宇宙是一块拥有魅力的大磁石，一旦你踏入宇宙，就会想要一直探索它。”第一批太空工程师中流传着这样的话。最早的太空工程师中诞生出星际漂泊者，他们接受私人财团的资助，在银河系漂泊，目标是穿越银河系。某些私人财团的拥有者私下相信，“灰眼症”不过是科学家们编造出来的说辞，也许有外星智能生命体以某种先进科技，譬如说灰色滤镜，覆盖了地球或者太阳系。他们认为，穿越银河系才能找到最终的答案。

林德是第五批太空工程师。当他进入太空工作时，谷神星的地球化已经成功了，爱神星的地球化也成功了，而且被改变轨道，牵引到了谷神星的轨道附近。灶神星的地球化改造正在有条不紊地进行。与此同时，星际漂泊者们已经在银河系种下了数万枚群量子纠缠场标用于通信。

林德和他的同事们工作之余，时刻关注着星际漂泊者们在银河中的一举一动。极光组织被解散后，所有暗中怀念色彩的人，都视漂泊者为拯救人类色彩的英雄，他们都崇拜第一位星际漂泊者尤里。

林德经常充满感情地给阿德里亚娜背诵尤里的一首浪漫小诗：“我的志向是在银河系漂泊，像一叶小舟漂泊在汪洋大海。我要漂泊到最远的大海的边缘，安静地坐在小舟里欣赏星光……”

7

在拆掉手术绷带的前一天，林德和罗茜去爱神星拜祭父母，并为罗茜逝去的师长和同事献花。罗茜认为得到升上天堂的亲友们的祝福，能够帮助手术成功。

“阿德里亚娜怎么样？她原谅你了吗？”罗茜关心地问。

“当然是和好如初。”林德尽力显得很轻松地回答。结局将在明天出现，他或者成为第一个重见色彩的人，或者从此永远陷入黑暗，他和阿德里亚娜的婚姻也将走向终点。但是，他把这些情绪都很好地藏了起来。罗茜像满载重负的骆驼，不能再承受哪怕一根稻草的压力了。

超速地铁是从世界各地到达赤道圭亚那航空发射港的不二

之选。林德和罗茜坐在第九号尤里车厢，十六年前，尤里就是乘坐这节车厢离开地球开始星际漂泊的，尤里的粉丝都会把他的新消息刻在车厢贴板上。林德用手指触碰着贴板上密密麻麻的细孔，这是尤里在银河种下的群量子纠缠场标的记号，场标能够帮助其他漂泊者定位，也能利用量子纠缠技术传递信息。

“上面有新的数字吗？”林德偏转头问罗茜。

“有点模糊，嗯，有两个数字，让我仔细看看。7000，还有2890。”罗茜仔细地回答。

“7000枚场标，2890光年，尤里已经离开地球很远很远啦。”林德向罗茜解释数字的含义。

“但银河直径有20万光年，只怕任何人在有生之年都无法完成这个距离。”罗茜说。

林德和其他的太空工程师也有这种忧虑。他们总是在希望和现实中饱受煎熬，在这种矛盾中，林德选择帮助罗茜完成手术，期望他能更快地找到答案。

他们乘坐超速地铁用了一个多小时，超速地铁的线路四通八达，始终保持3000公里的时速，而且为了保持这个速度，永不停车。罗茜推着林德通过移动站台下车，那是像一节车厢似的平行吊舱，在超速地铁车体上方的轨道，会与超速地铁同速运行一会儿，等到乘客们完成上车和下车，移动站台会与超速地铁脱离，沿着轨道逐渐减速停下。

接着他们赶到圭亚那航空发射港，乘坐核聚变推进飞船起飞，飞行了十几分钟，到达远地轨道的“赵忠尧号”出发站。在地球和近地轨道空间，都不允许开凿黑洞隧道，并且严禁任何时空扰动。

两人登上“赵忠尧号”飞船时，船舱内的屏幕贴心地滚动播放着克尔型黑洞隧道的形成过程，林德经常搭乘“赵忠尧号”，对此很熟悉，罗茜还是饶有趣味地观看了一会儿。

反物质和物质湮灭反应的能量像小太阳般，瞬间开凿出克尔黑洞和与其相反的反向克尔白洞，超光速时空隧道连接前端的克尔黑洞和末端的反向克尔白洞，像用一根细管连接两个开口向外的漏斗。飞船被吸进克尔黑洞，经过超时空隧道，又被反向克尔白洞推出去。在这个过程中，飞船经过黑洞的静界、能层和视界，躲开奇环，从白洞中安全地飞出来。飞船穿越黑隧，就像乘客搭车，只要站在正确的地方，就能到达终点。

克尔型黑洞隧道是超光速运动，但是并不违背爱因斯坦的广义相对论。它和宇宙暴胀、宇宙退行速度一样，都是时空在超光速膨胀。

如果不将排队登上“赵忠尧号”飞船和离开飞船的时间计算在内，真正的飞行穿越时间也就几秒。两人从“赵忠尧号”飞船的对接舱，直接进入诺贝尔站的气闸通道。从超速地铁一直到主带小行星带的地球模拟化空间，他们始终处在重力适宜、氧气充沛的空间里，但是，他们已经距离地球超过四亿公里了。

他们来到爱神星为父母扫墓，爱神星是寄托地球人哀思的地方。林德和罗茜的收入使他们有能力为父母在这里安放灵魂，他们在父母的3D打印金属雕像前献花。父亲文森特在“全灰日”后不到一年就郁郁寡欢地辞世，所有家人包括母亲都能够理解父亲。他是一名真正的艺术家，没有色彩，他寄托在画布上的生命就无法继续。“全灰日”开始时，很多像父亲一样的艺术家，因为无法承受打击，在很短的时间内就纷纷离开了缺乏色彩的世界。

然后，林德又陪着罗茜去为她的师长和同事献花。罗茜对着他们的金属雕像低声讲述整个手术的情况，他能听到罗茜期待而又焦灼的声音，人造视网膜的一切都通过测试，手术过程也很完美，希望他们庇佑明天有个好结果。

8

两人走出爱神星墓园时，罗茜看到爱神星的人们正匆匆地赶向星际漂泊者基地。从星际漂泊者基地传来消息，尤里已经到达银河系边缘，即将穿越到银河系外。林德想起第九号车厢贴板上密密麻麻的群量子纠缠场标记号，像一串歪歪扭扭斜着向上走的脚印，他努力思考，脑海中冒出一簇灵感的火花。

“尤里真聪明。银河系是个根本走不出去的大盘子。但是，银河中心核球的厚度是1万光年，银盘的厚度只有2000光年，尤里选择斜角向上穿过银盘，路线不到3000光年，这样就使得到达银河系边缘成为可能。”

周围人的讨论传进林德的耳朵，他刚才的推测是正确的。

当他们赶到星际漂泊者基地，尤里已经开凿克尔型黑洞隧道穿越到银河系外，他种下了银河系外第一颗群量子纠缠场标。应该有很多人聚集到了附近，林德能听见人们压抑的呼吸声。他也能感到自己紧张的心跳，他没想到创造历史的一刻这么快就到来了。

“颜色不是光的不同波长体现吗？这些年地球上的光谱并没有变化。”林德听到身旁一个年轻女孩子的声音。

“如果真是远超过地球文明的外星智能生命体在干扰我们，我们就无法这么简单地窥破其中的奥秘。无论如何，答案即将揭晓，人类真的超越了银河系。”有个年轻男孩子的声音回答。

“林德，尤里将他看到的信息传输了过来……”罗茜轻声说。林德屏住呼吸，他脑海里浮现出尤里经常戴着太空头盔的面庞，他也看过尤里不戴太空头盔的模样，羞涩内向，眼神赤诚，笑容如阳光般开朗。

“银河就在我们的脚下，像一片漫无边际的、泛滥着星光的大海。巨大的银盘伸出四条旋臂护卫着突出的银心，银盘外围包裹着纱雾似的银晕。林德，我从来没见过这么美的银河，我恨不得自己能化身为其中一颗璀璨的星辰……”

罗茜的声音哽咽了，“但它是灰色的。

“林德，人类超越了银河，站在银河外眺望，宇宙还是灰色的。”

9

第二天。

林德在罗茜的诊室里等待着命运的审判。尤里的努力失败了，他更加希望自己的手术能够成功。他感觉到罗茜将长长的绷带一圈圈地拆开，眼部的压力减轻了许多，罗茜却慢吞吞地停住了。他忍不住催促：“罗茜，快把剩下的绷带拆完，拆掉绷带感觉眼睛轻松多了。”

他听不到罗茜的回答，于是缓缓地伸手摸向眼睛，他摸到眼部脆弱的皮肤。所有的绷带都已经拆完了，他的眼前还是一团黑暗。也许他将永远停留在黑暗中。

10

林德预约快递机器人将他送到冬眠中心。这是他联系的第五家冬眠服务中心，前面几家的冬眠舱已经被预订一空。尤里失败了，他超越了银河系，但是并没有摆脱“灰眼症”。尤里宣布不再回到地球，而是继续在宇宙中漂泊，直到生命终结。林德想，也许尤里会将人类文明的种子播撒到银河系外的其他星系。

他也失败了。他没能成为第一个重见色彩的人，反而连最后的灰色也失去了。他不知道如何面对阿德里亚娜。以他对阿德里亚娜的了解，她有可能因此不再与林德解除婚姻契约，但是他不想拖着这样的身体和阿德里亚娜继续生活在一起。他决定冬眠。

“先生，怎么最近想要冬眠的人这么多？我看新闻，好几名科技企业大亨同时冬眠了。我们这里最后一个舱位被您预订了，还是有好多人来联系，谁叫他们晚来一步，只能让他们失望而归了！”

问话的声音听来挺年轻，问题有点唐突无礼，问话者肯定没接受过正规培训，也许只是一名初来乍到的实习生。

“大概只有‘全灰日’那个时候想要冬眠的人数，才能和现在相比。”林德想，默默关注尤里的人比他所知道的要多得多。尤里失败了，那些充满期待又失望的人们便选择了冬眠。他继续说：“我们失去了重要的东西，用了很多努力想要把它找回来，但没能成功。”他没有详细地解释，也许这是个“全灰日”之后出生的年轻人，根本没听说过这个名词。

“没什么大不了的嘛！我敢赌一张‘赵忠尧号’的船票，您肯定以为我不知道您说的是什么意思！”那个年轻的声音不以为然地说，“其实我什么都知道，我身边的朋友们也全都知道。不就是世界都变成了灰色吗？不就是色彩全都消失了吗？我们生来睁开眼睛就是这样的，世界由灰色组成，这没什么大不了。反正我们都得干活儿。”

年轻的男生边说着，边应着别人的叫唤而逐渐走远，可能是去帮忙做事了。

这就是必须要找回色彩的原因。林德躺进冬眠舱的时候，仍然忍不住愤怒，感觉心爱之物被人摔烂了。否则，颜色就真的被人们遗忘了，而且还会以为我们的世界一直是这么单调。再以后的人会习惯这种生活，以为色彩从来没有存在过，如果这样，就真的没有希望了。他和尤里都用自己的方式努力过了，虽然失败，但还是会有人用新的方式尝试。希望他们能够成功，到时候那些绚烂缤纷的色彩，一定会刺痛这些家伙的眼睛，让这些从来没见过色彩的小家伙知道，他们到底险些失去了什么?！让他们了解色彩对于人有多么宝贵！

冬眠舱的温度有些低，林德冷得全身打战。大概有八支注射器分别刺入了他的头部、颈部和四肢。没关系，林德想，现在的温度还算是比较高的，等到药品发挥了效用，冬眠舱那才要变成一个冷库呢。他将在冷库中沉睡十年，二十年，更长时间……直到他的存款不够缴纳冬眠费用，或者外面世界发生变化，有必要将他唤醒为止。

11

林德昏昏沉沉地睡去，不知道睡了多久，然后他被人猛烈地摇醒了。他在恍惚中听到一个熟悉的声音，正和冬眠服务中心人员发生争执。那个声音属于他最不想面对的人——阿德里亚娜。他将签好字的电子婚姻解约书发送给了她的AI秘书，他真的无法面对她。

“林德，我带你去一个地方。我早就应该带你去。如果你早就知道一些事，你就不会做手术。但是，”阿德里亚娜的声音里充满了歉疚和痛苦，“我签订了保密协议。当时，我一个字也不能说。”

“那么现在你能说出秘密了吗？”

“我已经取得了他们的同意，我不能失去你，我绝不会让你冬眠。”

阿德里亚娜带着林德来到她工作的地方，林德以前也曾经来过这里，但是他不记得来过这个地方，感觉像是被刻意隐藏的某个宽敞神秘的实验场所，还有个人意外地等在那里。是罗茜。

“实际上，我们也一直在研究‘灰眼症’。视锥细胞退减综合征是一种人类群体性的基因突变。”阿德里亚娜说道。

“我的老师鲁伯特教授在‘灰眼症’刚开始蔓延时，就提出了基因疗法，但是联合政府没有采用他的方案。鲁伯特教授一直坚持他的研究，直到极光组织解散后的几年，他的研究发现更为成熟，在他的极力推动下，联合政府同意我们秘密开展这个实验项目。但是每个工作人员必须保密，即使是最为至亲的家人。”

“你们有什么依据？”罗茜直接地问。

林德感觉三个人似乎走在一条空旷的通道里，罗茜和阿德里亚娜的谈话撞在通道墙壁上，发出轻微的回响。

“原来的医学专家认为是人类沉迷全息娱乐，导致了‘灰眼症’。这种结论太牵强了。他们想要治病，却没有找对病因。第一个需要注意的事情，林德的父亲是一名画家，他对全息娱乐不屑一顾，为什么会得‘灰眼症’呢？还有其他一些像他一样的人，为什么也会得‘灰眼症’呢？

“第二个需要注意的事情，反物质技术、黑洞技术、量子纠缠技术，以及其他一些重要技术，都是在‘全灰日’后的十几年内取得突破的。这是我们能够看到的表面现象，按照我们测量的结果，人类的平均智商在‘全灰日’后大幅度地提高了。”

“仅凭这两点就能证明你们的观点吗？”

“当然不只是这些。”阿德里亚娜的声音听起来平静自信。

他们似乎走到了某处屏障前方，轮椅停住了。电子门禁声响过之后，他们进入了一个感觉极为宽敞的空间，林德闻到一种馥郁芳香的味道，好像是牛奶的香味，似乎还有天真无邪的婴儿笑声。这是什么地方？

“第三个依据，我们的治疗方法已经产生效果了，接受实验治疗的孩子们，某处受影响的基因片段已经得到修复，视锥细胞的数量和细胞功能都在稳定提升，已经接近人类患‘灰眼症’前的状态。人类儿童半岁时视力完全发育成熟。第五批接受治疗的孩子今天满半岁，一会儿就要接受测试。

“集体性基因突变，其实一直都是人类进化发展的神秘推手。十五亿年前，地球温暖潮湿的海洋里生成了氧气，不能适应氧气的生物都得灭亡。有一种细菌掌握了利用氧气制造能量的方法，并将自己嵌入细胞。这些细胞后来发展成为陆地上的动物和人类，而当时的细菌直到今天还在我们体内提供能量，它们就是线粒体。

“从海洋到陆地，从四足行走到直立行走，从类人猿的脑容量只有500毫升，增加到猿人脑容量的900毫升，增加到智人脑容量的1600毫升，人类自身每次进化，都是由受到外部环境刺激的基因突变引起的。脑容量增加一直是衡量人类进化的标志。但是在过去上万年里，人类的脑容量平均缩小了180毫升。尤其是过去五十年，脑容量缩小的速度，突然加快了。在‘全灰日’的前一年，我们采集的样本，平均脑容量减少了15毫升。”

“这说明什么？”罗茜困惑地问。

“说明大脑发生危机，我们却视而不见。尽管我们已经超越了银河，但是我们人体自身还存在很多未知的秘密。银河系有超过4000亿颗恒星，我们的体内有超过1000万亿个线粒体，我们的人体比银河系还要复杂。暂且将人类进化过程中形成的那种神秘的生存意识叫作生存脑吧，我们在实验项目中，就是这么称呼它的。生存脑感觉到外部环境的威胁——大脑萎缩，能量得不到满足——所以做出反击。”

“即使生存脑做出反击，为什么一定要是‘灰眼症’呢？”

“大脑、心脏和视网膜是消耗线粒体能量最多的部位。尤其‘全灰日’前，视网膜消耗的能量最多，用途只为沉迷娱乐，所以生存脑选择调整视网膜。而且调整之前，生存脑已经向我们发出警告，视网膜病变比例在‘全灰日’前已经高得吓人了。”

“即使是这种调整，”阿德里亚娜轻声补充，“也是最智慧、最经济的选择。我们的视觉分为光觉、形觉和色觉，帮助我们分辨物体的动作、形状和颜色。关闭色觉，使视网膜无法分辨色相，CMYK色轮24种色相都显示为灰色，大脑需要处理的视觉信息大为减少，能够节省很多能量，而且让人类不再沉溺娱乐，却几乎不会对人类生存造成影响。

“关闭色觉，减轻负担，剥夺能量，大脑因而更加发达了。”

罗茜惊呼一声：“我们培植的人造视网膜，已经毫无缺陷，神经桥接也很成功，但视神经输入的电信号就是无法识别。这是因为生存脑判定没有必要，不支持它的功能。”

“是的。所以我们在实验中，就是利用外部环境刺激大脑对色觉的需求，引起生存脑对色觉的重视，让它支持修复的基因片段。我们选择了视觉测试等级A+以上的人类基因，让拥有这些视觉基因的婴儿从小接受实验刺激，同时配合一些基因治疗方法。”

林德刚才就听到，两人谈话中夹杂着细细的婴儿呢喃的声音，空气中飘浮着若有似无的牛奶香气，他们可能就站在透明的实验室前方，里面也许有些正在爬来爬去的小婴儿。

“实验刺激残忍吗？”林德突然问道。

“当然不会，”阿德里亚娜轻呼道，林德感觉到她的手轻柔地按住自己的手，“并不是那样，我们只是促使孩子们的大脑努力学习分辨颜色。我们把玩具和食物放在门后，只有颜色配对成功才能开门，比如把草莓、火龙果、番茄这些红色的水果，都放在红色门前，红色的门才会开启；把绿色的水果放在绿色门前，绿色门会开启；把黄色水果放在黄色门前，黄色门会开启，孩子们由此学会颜色归类。但是绝没有虐待，绝不会这样。他们是我们的孩子啊。”

“这些孩子是怎么来的？”林德突然想起，阿德里亚娜曾经带他来过这里，以实验的名义，抽取了他的基因及精液，他当时没有太在意。再往前想，阿德里亚娜督促他拼命锻炼身体似乎也别有用意。他甚至不知道他们最初的相遇，是否真的出于偶然。

“我们取得了符合条件者的基因，用人造子宫袋孕育了婴儿。只有婴儿才能接受这种实验。”阿德里亚娜的声音歉疚地低了下去。

“这里有我的基因婴儿吗？”

“有，我们的，我们共同的基因婴儿。我们有五个孩子，三个男孩，两个女孩。我给他们都起了名字，我把他们照顾得很好。”阿德里亚娜的声音越来越低。

“阿德里亚娜，你真的爱我吗？”林德突然问道。

“我当然爱你。与实验完全无关。”阿德里亚娜立刻肯定地回答。

女人的话到底如何分辨真假？林德有点困惑地想，随即想到阿德里亚娜曾经真诚地和他签下永久婚姻契约，谁会傻到要和一个不爱的人共度一生？

“林德，我看到一个男婴长得很像你，他和你婴儿时的照片简直一模一样。天啊，他真的好可爱，简直像个小天使。”罗茜第一次帮助阿德里亚娜，她们曾经是互相看不顺眼的一对冤家，都认为林德对对方实在好得过分，可是现在罗茜主动帮助阿德里亚娜，她想要转换话题的意图实在太明显了。

“他叫安德。他的视锥细胞数目和功能是最完善的，他三个月时可以分辨出一些黄色和红色，今天该他做全色觉测试，分辨紫色、绿色和蓝色。”阿德里亚娜温柔地解释道。

“他拿起了几个色块，在手里摆来摆去，他的表情真可爱，也真调皮。在我们看来，这些色块都是520度灰，但是在他的眼睛里，这些色块肯定是不同颜色的。”罗茜描述着。

“他把一个色块投进了面前的小筐里，小筐的颜色和色块的颜色是一一对应的。提示灯亮了，他的分辨是正确的。”阿德里亚娜高兴地说。

林德挺直脊背，向着前方发出婴儿笑声的地方。他眼前的那团黑暗，仿佛透过一道光芒，带来了光明的希望。他认为所有人，尤里、罗茜、自己、阿德里亚娜以及其他那些不知名的人的付出，不论成败，都有意义。这些意义使黑暗中的光芒愈加明亮，光芒中仿佛坐着一名天使般的婴儿，他的轮廓有些像林德的父亲文森特，眼角眉梢有些像林德的母亲，还有些细微之处，有着林德和阿德里亚娜的特征，他长得很可爱，感觉很亲切熟悉。他抬起头，向着林德咯咯地露出一个调皮的笑容。

FATE AND OTHER VARIABLES

by

Alex Shvartsman

▽

命运与其他变量

[美] 亚历克斯·施瓦茨曼 著 / 丛妙 译

乌克兰裔美国科幻作家，科幻杂志《未来纪事》主编，拥有一家私人出版社出版科幻选集。著作颇丰，出版过两本长篇奇幻小说，发表过十余篇短篇小说。

此刻，一名毒贩在我面前挥舞着一把枪。这都要怪格里格。

我慢慢地举起双手，说："无论他做了什么错事，我们都能找到解决方式的。"

"当然。"他说。我弟弟管他叫硬币。他侵入了我的个人空间，脸离我很近，这让我很难受，我能闻到他呼吸里的烟草味儿。"还我三倍这只黄鼠狼欠我的钱，我立刻就走。"

我看向格里格，尽可能地摆脱贴上来的这个令人讨厌的人。

格里格以那种从小到大我看惯了的负罪神情，看着我。

他的脸上写着：我又搞砸了，但没关系，我的哥哥迈克会像以前一样帮我搞定这一切的。在父母发现他把锅藏在房间里的时候，在我去监狱保释他出来的时候，在他半夜三更出现在我的房门口管我要钱的时候，我都见过这副表情。有些事永远都不会变的。

"我现在手头没有这么多钱。"

"那我们就先看看你手头有多少。"这个人开始搜索屋子，寻找值钱的东西，我和格里格则保持一定距离，跟在他身后。我的心脏像过载的CPU一样飞快地跳动着，他找到我的办公室时，我感到心脏漏跳了一拍。

屋子中间放着一张巨大的L形工作台，三台显示器并排摆在上面。成堆的打印材料和手写笔记上放着无线键盘和鼠标。房间的四面墙上，是触及天花板的金属架子，上面摆着数十台电脑。

“你是做什么的？黑客吗？”

电脑既有逻辑性，又是可预测的。除非你搞错了代码，否则他们不会做出错误的选择，也不会让人失望。和格里格这种人一起长大，使得我喜欢电脑远超过喜欢人类。当然，我了解电脑也多于人类。

是的。我是一名黑客，而且还是个很不错的黑客。但对这个大脑容量仅为两比特的罪犯，没什么解释的必要。

“我是个IT咨询顾问。”

拿着枪的男人笑了，“我打赌这些东西值点钱。”

“听着，兄弟。我会给你钱的，只要你保证放了格里格，我会把他的债都还清，但不要动我的设备。”

他一把揪住我的T恤。

“别想威胁我，白痴。”他嘶嘶地说，喷出唾沫星子。

“打扰一下。”门外响起了说话声。

另一个陌生人站在门口。这是个老人，胡子灰白，拄着拐杖。他穿着件黑色羊毛外套，手里拿着顶宽檐帽，头上还戴着一顶小瓜皮帽。

“你该走了。”他对硬币说。他的声音冷静，表情也一样，“滚出去。”

硬币放开我，走向这个老头，用手枪抵着他的肚子。

这位陌生人用手点了点手枪，它便熔化了。

手枪失去了本来的形态，像阳光下的冰激凌一样熔化在毒贩子的手指间。他瞪大了双眼，试图甩掉手上黏糊糊的东西。有些粘在他的手上，就像手枪金属色的蜂蜜。

“滚。”老头又说了一遍，“在我对你也这样做之前。”

毒贩的嘴唇颤抖着，他盯着那坨曾经属于自己的武器，之后狠狠地看了我一眼，似乎在说，他会报复我的。但他抓住机会，推开门跑了。我不能怪他，我也很想逃跑，理智的大脑在尽力接受刚刚发生的一切。格里格看起来非常难受，但是他没有跑掉，而是在房间的角落里徘徊。

我听见前门砰地关上了。这位陌生人站在这儿，仔细看着我。我张了张嘴，想说点什么，但是过了一会儿，只是又闭上了嘴。

“我想你大概该对我说‘谢谢’。”他的胡子里藏着笑意。

“你是谁？”我问。

“我的名字是内森·阿德勒。”他说，“我是一个卡巴拉主义者。”

我隐约听说过卡巴拉，某种晦涩的神秘主义形式。但并没太留意过，毕竟我是个拥有科学世界观的人。

“那就是你刚刚那么做的……方法吗？”格里格说话了。我有点惊讶，他居然有清醒的意识。

“是的。”阿德勒如实回答道，他的言语中没有透露一丝炫耀的感情。他继续说：“迈克尔，我们有很多话要谈，我需要你的技术。”

“无意冒犯，但我不相信你这一套。你熔掉那个人的手枪不过是个精巧的把戏罢了，但其他的事也太扯了。就算这一切都是真的，人又怎么能黑进形而上的书里呢？”

我们坐在客厅里，格里格被赶去了房间的其他地方，而阿德勒在跟我阐述一些奇幻小说里的内容。

“你必须明白。”他说，“卡巴拉从本质上来讲，是绝对科学的。现代学者们如今刚刚开始研究的最复杂的理论物理学，实际上塔木德学者很早就以比喻的方式解释过了。全能的神设计了宇宙，并且用严格的逻辑规律规范了它，就像电脑程序一样。而我们可以把卡巴拉视作开发人员修改子程序的工具包。”

“好吧。”我说，“我们现在假设你说的都是真的，暂且搁置宇宙是否有造物者这个争执。”我躺进扶手椅里，“你是说，我们有一种命运之书的玩意儿，还有天使，每年会抽出一个星期的时间来写出世界上每个人的命运，他们写下的东西会被锁起来，直到第二年再打开。我没理解错吧？这和科学有什么联系？”

“再说一遍，这都是比喻。许多古代文化都意识到了这种现象，并用同时代人能理解的图像给予了解释。”阿德勒耐心地解释着，就像父母跟孩子解释这世界上其实并没有圣诞老人一样，但目前看来，他老人家无疑是存在的。“于我们而言，重点在于记录的地方是存在的，你可以把它想成是一个人类命运的数据库，决定了下一年的命运；同时还有一个十天的开放窗口，在这期间，数据是可被更改的。”

我感觉有一个“逮到你了”真人秀剧组藏在屋子里，他们随时会从房间某个角落里蹦出来。但是，我毕竟看到他做出了那种不可能发生的事情，他还把我和格里格从危险境况中解救了出来。但我可以取笑一下他的这套理论。

“那自由意志呢？我可记得这是犹太教和基督教哲学中的重要教义。”

“自由意志不是无限的。”阿德勒说，“例如，你不能飞出窗户，无论你多想这么做。自由意志体现在你每天做的许许多多细小的决定中，这些决定不能改变已经写在命运之书中的内容，尽管有些人认为，这些小决定对于次年命运之书的书写内容有着直接影响。”

“所以你想要我们去那里面重写你的未来，让你一统世界？还是怎样？”

“不不不。”阿德勒说，“我们要做的是极其微小的变化，以免被发现而遭到修正。比如说，你可以帮你弟弟戒掉毒瘾来改变他的生活。”

阿德勒看起来只是随便说说，但这个混蛋清楚地知道哪儿是我的软肋。尽管我认为这项提议纯属胡扯，但我开始认真考虑它了。

“为什么是我？”我问道，“为什么不是某个已经相信你这套东西的黑客呢？”

“因为你既是黑客又是硬件专家，你是最佳人选。”阿德勒说，“我查过了。作为一个无神论者，在哲学层面上，我的计划对于你不会很难以接受。”这就引出了下一个问题。

“那他呢？”我指指上面，问道，“你，一个有宗教信仰的人，怎么能够违反天上的人的意思呢？”

从我们见面以来，阿德勒第一次没有流畅地给我一个完备的答案。他安静地坐在我的沙发上，但他的魂儿很明显完全不在这儿。最后，他以我都听不太清的声音说了句“我有我的理由”。

我略过了这个问题。

我合上一本满是灰尘的旧书，失望地把它扔到桌子上。

“我需要休息。”我揉着太阳穴说。

“小心点。”阿德勒说话的声音比平时稍大了些。在一起工作几个月后，我开始能够觉察到这个人冷静外表下细微的感情变化。我十分确定他的声音中掺杂着一丝恼怒。“抱歉。”他随后说道，“我们的文化里，我们被教育要尊重书籍。”

“我的错。”我站起来拉伸了一下身体，按摩了下脖子，然后瞄了一眼墙上的钟，确认了身体的疲惫并非毫无缘由，我们已经在这儿待了快整整一天了。

我加入阿德勒的疯狂计划之后，第一项任务便是学习卡巴拉主义者们使用的、那混蛋希伯来语版本的编程语言。这二十二个象形文字中的每一个都是字母，同时它也代表一个概念，一个数字，它包含的意义远多于人们对于一个简单字母所期待的那么多。简单说来，学习理解这东西的过程实在进度缓慢。

而无论我学习它的过程多么缓慢，都几乎在了解阿德勒本人上没有取得任何进展。在我们见面的那天，他离开我家后，我立刻上网调查了这个人。在几百年前的欧洲，有一个叫作内森·阿德勒的著名卡巴拉主义者，还有几个同名的现代人，但都不是他。他用了别名，这意味着他有东西要隐藏。比如说，隐藏他在命运之书中所要做的改动。

休息片刻后，我们又回到了工作中，只是突然被手机铃声打断了。阿德勒从夹克的内兜中掏出设备。我吃了一惊，自我们在一起的这段时间内，他的电话从没有响过。

阿德勒站起来，专心听电话那头的人说话，他的下巴绷紧了。他简单地用意第绪语做了回复，声音如往常一样平静。通话持续了不到一分钟。

“我有点事情，得先走一步。”阿德勒挂了电话说，“我们明天继续。”

阿德勒离开得很匆忙，把我一个人留在空荡荡的房间里。

格里格出门了，去做他最近找到的兼职——在附近一所超市的农产品部门理货。从“硬币”那次事件之后，格里格开始真正远离毒品和麻烦，努力使自己的人生重回正轨。因此我独自一人坐在客厅，思考着阿德勒到底去干吗。

就像是出于本能，我跑出去把我的本田CBR拖出车库，跳上摩托车在公路上一路疾奔，希望能在阿德勒上高速前追上他。

阿德勒开着一辆二十年的别克路霸，是两侧有仿木质条纹的旅行车。路上开这种车的人不多，我很容易跟踪，这让我能够保持距离，并保证他无法透过摩托车头盔的有色面罩看清我的脸。

阿德勒上了九号公路，一路向北穿过奥特布里奇通道，经过斯塔顿岛，驶入布鲁克林。他最终在迈蒙尼德医院前停车，随后冲进了医院。

阿德勒要在前台登记，我进门之前看着他上了电梯。我对保安友好地点了点头，以访客身份登记并扫了一眼之前登记的名字和房间号码。

我在休息区找到了一个网络端口，不费吹灰之力就突破了医院的网络系统，发现那间房间唯一的居住者是一位名叫希拉·霍洛维茨的夫人，六十四岁，术后复原中。

她的情况并不怎么好，胰腺癌第四期。肝脏出现了恶性肿瘤，等到发现的时候已经晚了。医生们在手术中切除了初期肿瘤，但是它已经扩散了。她大概还有六个月到一年的生命，并且就算侵入式手术成功了，病情依然很容易复发。

阿德勒，或者说霍洛维茨，在我眼里变得可以理解了。他不是为了什么自私的理由而去欺骗世界，他只是想要拯救他的妻子。生活中没什么能强大到让一个人去违背他视为造物者的意志，但是爱可以。

我对他们感到同情和惭愧，同时，我也矛盾地在了解这件事后感到心情舒畅。至少这意味着阿德勒的理由和动机是具有人情味的。

阿德勒和我在整个夏天里狂热地准备我们的计划。据卡巴拉主义者言，改变命运之书的机会在九月末，第二年的命运会在犹太新年和赎罪日之间被写下。阿德勒不能再等一年了。在我了解了他的原因之后，我也理解了为什么。坦白讲，我也受不了再花一年准备了。虽然学习语言很难，但相比于控制卡巴拉实用程序和建立硬件来说，都是小菜一碟。

格里格似乎很满足于他的工作、看电视体育节目、追女孩。如果一切真的照他每天吹嘘的那样的话，那么他在最后这个部门表现得还不错。他从没带过别人回家，但是每周至少在外留宿一次。我不会觉得格里格的生活很充实，但他自己似乎过得很开心，这对我而言是一件很好的事情。

因此，当某天早上我发现他没回家的时候，并没觉得多奇怪。但第二天他依然不见人影，也不接电话，我开始十分担心，于是放下工作去找他。

在超市的过道里，我找到了正在盘点的何塞，格里格的同事，我问他："格里格在吗？"

何塞用袖子擦了擦脑门上的汗，"不在。他被辞退后，我有些日子没见到他了。"

"啊？什么时候的事？"

何塞有些惊讶，"你不知道吗？一个多星期前吧，经理发现他在仓库注射海洛因。"

"他妈的。"

格里格又开始嗑药了，和其他瘾君子一样，他可藏得太好了。我用了所有我能想到的方式来帮我弟弟戒毒，拽他去互诫会，支付高级戒毒诊所的费用。我做了全部我能做的，来让他戒掉毒品。但我不能每时每刻都盯着他，他是个成年人，他总是能找到搞砸所有事情的方式。

何塞拍了拍我的肩膀，"抱歉要你在我这儿听到这些。格里格人不错，我希望他能解决掉所有的问题，同事们希望他一切都好，因为他在那种情况下被开掉，搞得我们都没来得及好好道别。至少他们没叫警察，这点做得还算道义。"

我对何塞表示了谢意，走了出去。我骑着摩托车走遍了镇子，找遍了格里格最爱出没的地方，但是一点他的痕迹都没有。他的手机关机了，电话直接接到了语音信箱。找无可找之后，我回到了家，时间已经过了中午。

“你去哪儿了？”代替问候，阿德勒问我，“我们只有不到一个月的时间了，你用了整整半天的时间去做了什么莫须有的事情。”

我如实相告。

“我很遗憾，迈克尔。”阿德勒说，“毒瘾很强大，也很容易复发。如果我们成功了，他就会好起来的。”

如果我们成功了。但就算是那个时候，也是在一个月之后了，格里格现在就需要帮助。

“我有个更好的想法。”我说，“为什么你不帮帮他呢？像熔化掉那把枪一样，熔化掉他的毒瘾。”

“如果我能做到的话，我会这么做的。”阿德勒皱了皱眉。

“如果你担心我的动机，那么我可以向你保证……”

阿德勒打断了我的话：“你应该更好地理解卡巴拉主义，而不是把期待放在我身上。这不是神话故事，我不能挥挥魔杖就改变一个人的灵魂。只有一种方式才能改变命运，我们正在朝这方面努力。”

我失望地咆哮着，狠狠捶墙，以至于在石膏板墙面上凿出了一块凹痕。阿德勒真的对格里格的事情无能为力吗？或许他只是为了控制我、让我专注于计划而不愿意伸出援手呢？从根本上讲，这不重要。和更高等的力量不同，我不能对格里格的命运施加任何影响或控制，而能帮到格里格的方式就是让阿德勒的计划成功。我揉了揉酸痛的膝盖，坐下继续工作。

我们制作的机器真是太美了。

好吧，并不完全是。这是一堆杂乱的电线和微芯片，还有一堆焊料和魔法，一个DIY项目，是我无数个日夜的努力和充满爱的工作让它在我眼里显得无比美丽。阿德勒和我做了一个应急的施咒页面，让我能输入和存储复杂的能量符号，计算机则会将他们转换为形而上学的宇宙编程语言。佛教徒有转经轮，我们的概念与之类似，不过是在不同层面上而已。最新的处理器会用人类前所未有的速度以指数方式散布咒语。如果说有人类制作的装置可以触碰天堂的门锁，那便非它莫属。

我们完成它之后，还余下几天时间。于是，我们做了所有的理论测试，结果还不错。到阿德勒提到的可畏之日，即那十天的窗口期到来之前，我们所能做的仅剩下了等待。

我正享受着不在阿德勒身边的休闲时光时，电话响了，格里格的名字显示在手机屏幕上。这是他消失了近一个月后，我第一次有他的消息。我一直都很担心他，尽管这已经不是他第一次离家出走了。

“喂?”我既欣慰又恼火地接起电话。

“你好，迈克尔。”我不认识电话那头的声音。

“你是谁? 格里格在哪儿?”

“格里高利让我代他向你问好，他很希望我们能见一面。”

他有一点口音，但我不太能分辨出来是哪儿的，“我们在主街与泰森街街角的咖啡店见面吧。”

“让格里格接电话。”

“十五分钟后咖啡店见。”对方挂了电话，我再打过去，没有人接。

十分钟后，我到达了咖啡馆，坐在角落的桌子里，一边神经紧张地将手机在两手间换来换去，一边盯着咖啡馆中的其他顾客。我常来这儿，这里离我家就几个街区，我早上经常来喝咖啡，我好奇打电话的那个人是否知道这一点。

一个四十多岁的高个儿胡子男拿着打满泡沫的杯子走到我桌边，“中杯法式香草，非常清甜。”他把我常点的饮品放在桌子上。

“格里格在哪儿？”

“他和我的同僚们在一起。”他友善地说，好像在谈论一件家具，“他很安全。当然，这是相对而言。”我还是分辨不出面前这个男人的口音，但从他的肤色和面部特征来看，似乎有些阿拉伯或波斯血统。

我的第一反应是爆发、质问他。但我选择了保持沉默。我不想让他得逞。

“你们给当地犯罪分子留下了很深刻的印象嘛。”他保持着同样的音调说着，“一个自称为硬币的男人告诉了我们一些在你家发生的趣事，这些事情引起了我和我同僚们的兴趣。”

他坐在我对面，喝了一口手中的饮品。“硬币那家伙针对你们制定了极其细致的复仇计划，他跟踪了你的弟弟并带他回到了毒品世界。据我所知，第一次是强迫性的，之后，格里高利内心的恶魔便不需要别人帮忙了。”

他又喝了一口，“让你弟弟交代出你们的详细计划可一点都不费力，我们只需要给他想要的粉和药就行了。”

我不知不觉地站了起来，靠在木桌上，下巴绷紧，拳头紧握。

那个混蛋甚至一点退缩的意思都没有。

“放松点。”他说。我尽最大努力控制着我的脾气，没有扑上去揍他一顿。“可别忘了，格里高利还在我们手上。你要是想让他回家的话，最好配合我们。”

我站了好一会儿，站在这烘焙咖啡的香气中和午后人群的嘈杂中。每个人都过着他们自己的日常生活，根本注意不到这个陌生人轻声细语中的残忍。我弟弟在他手上，我把他痛揍一顿也改变不了这个事实。我无力地坐回到座位上。

“你是谁？你到底想要做什么？”我咬牙切齿地问。

“我叫阿吉特·辛格。”他说道，“和那个自称为内森·阿德勒的人一样，我是个神秘主义者。我并不是他的崇拜者，但我给予他应有的尊重。他的想法非常大胆，具备独创性，而且富有远见。我和我的同僚们非常认可它，因此我们决定将它占为己有。”

他递给我一张纸，上面整齐地书写着名字和要点。

“如果你的机器可以成功改写命运之柱上的文字的话，我们想让你做这些变化。你会帮到你弟弟的，甚至可以帮助你自己名利双收，但是你不能执行任何阿德勒要你做的操作。你明白了吗?”

我说:“阿德勒的太太就要因为癌症去世了，他所想做的不过是要拯救她的生命而已。”

“这是他让你相信的吗?”辛格当着我的面笑了出来，“阿德勒两百多年来从没结过婚。”

阿德勒和我决定在赎罪日的前一天——最后审判日进行我们的计划。

我仔细考虑了辛格跟我说的话，阅读了有关命运、天命的内容，发现在所有的古老信仰中都提及过书写未来的事情。某个神秘部落锡克族相信，圣人古鲁那纳克在通往天堂的大理石柱上篆刻了未来。在伊斯兰教教义中，命运被称为“保存的书写板”，真主安拉每年会根据每个人的行为和表现来做出调整。在其他传统中，则充满了人们的命运是被神、灵魂指引者、盲作家所写下的传说。但是这些，都不是我想要的答案。

辛格不允许我把这件事告诉阿德勒。但在为仪式做最后的准备工作中，我需要卡巴拉主义的帮助，这使辛格他们不得不保持距离。尽管我们认真做好了准备，但我仍不确定自己应该怎么做。我决定在开始仪式的时候再做决断。

带着沉重的心情，我启动了咒语程序。施咒机器呼啸着启动了，无数的代码和奥术符号涌现在电脑屏幕上。我狂热地激活各个脚本，飞快地做出调整。有那么一瞬间，我脑海中只剩下了编程，其他所有的东西都消失了。

即使是在这样诡异的情况中，我依然感到如鱼得水。电脑和代码是充满逻辑且可预测的，他们从不被感情、欲望、瘾头所影响。因为我懂得编码的原理，所以我清楚我和代码的区别所在。

如同其他网络防火墙一样，奥术保护层一层又一层地倒塌了。我的脚本披着物理宇宙的面纱，无情地摧毁了他们。最后一道保护层也被击败了，我拿到了所有权限。通过电脑破译，无尽宇宙中每个生命的命运一一在我面前展开。

“我们做到了！我们黑进去了！”我尖叫道。

“我知道你肯定能做到，我的朋友。”阿德勒说，“在受到干预前，快点做篡改吧。”他将他的名单交给我。

纸上有很多名字，是些我根本不认识的人。那些阿德勒想要修改的陌生人的命运，此刻在我的手上了。我扫了一眼名单，并没有希拉·霍洛维茨的名字。

阿德勒没有对我说过谎，至少没当面说过。但他那时一定是故意让我跟着他，自行得出错误结论的。正如辛格所说，他是个卑鄙狡诈的人。但另一方面，他并没有绑架、软禁我的弟弟，强迫我与他合作。

我在这两份名单前犹豫不决，珍贵的时间在一分一秒地流逝。阿德勒或是辛格——那个以狡猾的方式欺骗我的人，或是那个以暴力手段胁迫我的人，哪个人想要的未来是我要给予这个世界的呢？

身后，阿德勒嘟囔着，催促我快点行动，我无视了他。无论是怎样的超自然力在主宰我们的命运、控制我们的生活，此刻，这个决定，是我要独自一人做出的。自由意志——我的意志——在此刻无比重要。也许，这是我人生中最重要的时刻。

我用这来之不易的端口做了我唯一认为合理的决定。我摧毁了系统。

无数的记录、注定的命运，在瞬间被永久删除。我不知道神、天使，或是宇宙中任何智慧的造物者是否会重建这个数据库，但我希望不会。

很快，阿德勒就会知道我到底做了什么。我飞快地删除了自己写下的脚本和程序。我不知道阿德勒在发现一切之后会做什么。我会活下来吗？辛格会放了我的弟弟吗？还是会直接杀了他呢？我冒了极大的风险来做我认为正确的事情，我只能祈祷会有最好的结果。至少我知道，无论发生了什么，未来都是不确定的，而不是预先被谁决定好的。

如果我的弟弟活下来了，他也许会戒掉毒瘾，也许不会。

希拉的癌症也许会缓解，也许不会。阿德勒、辛格和其他数以亿计的人们每日都会做出决定、奋斗、制定计划，赢，或是输。他们所做的一切都是为了他们自己。他们现在完全拥有了自由意志。

我格式化了咒语机器的硬盘，没人再能使用它了。我感到有些安慰，默默希望着，我的决定是最后一个强加给人类的选择。

THE STAR SO BLACK, THE SPACE SO WHITE

by

Robert Jeschonek

▽

星辰如墨，太空闪耀

［美］罗伯特·杰舍尼可 著／海 蒂 译

罗伯特·杰舍尼可是一位多产的美国作家，发表了大量短篇故事和文章，还出版了13部小说，包括《战场船员》系列。2013年，他的科幻惊悚作品《第九日》获得国际图书奖“最佳跨界小说奖”。

请想象你站在一艘宏伟的大帆船的舰首，星辰密布的夜空环绕着船头，你凝视着这片星空。

现在，想象这艘船在太空中。

而你站在一块缟玛瑙的舰板上，它轻薄黑亮的表面反射着四周的星光，令你产生了一种幻象，仿佛你不需要任何支撑就可以在虚空中悬浮。你暴露于各种射线、电波、光线和粒子的夹击和拉扯之中，却依然不知何故被保护着。

看着那些爆裂的恒星和珠宝般灿烂的世界旋转着疾驰而过，惊叹着闪耀的星云那羽毛般柔和的卷须，你喜形于色，因为无论已经见过多少次，你依然会忍不住惊叹。

我忍不住惊叹。

欢迎来到我的生活。从一个地球上的机智酒保变成一艘外星飞行器上的船员。从一名来自二十世纪地球的人类变成了宇宙公民。

你会希望成为我。你绝对希望成为我。

“我就知道，”我身后传来的声音高而尖利，伴随着笛子似的颤音，“我会在这里找到你的，鲁迪·塔博纳可[1]。”

我微笑着转过身，面对几十只多边形的银色眼睛，它们在浅黄色的触须尽头扭动着，盯着我所在的方向。触须的根部是一簇闪烁的奶油般的云团，它悬浮在缟玛瑙舰板上方一米处，

1. 主人公的姓Tabernacle有“圣坛”之意。

简直就是一片形状和大小都瞬息万变的迷雾。谁能想到，我会对这样的异星生物产生敬爱和仰慕之情？

谁能想到，我会把诱拐者当成朋友？

“你该不会是觉得。担心，是不是？”声音来自云团里的某个地方。这就是我五十年前初次听到的那个声音，当时问了一个永远改变我人生的问题，然后把我带到了这一刻。

“只是充满希望。”我鞠了一躬，正如这个被翻译成“升腾”的文明的舰队所需的礼节那样。在升腾文明中待了五十年之后（虽然得益于外星新生科技，我看起来只有实际年龄的一半），我知道所有该做的事和该说的话，虽然我并不总是那样说或那样做。但是那些，如同礼节，归根结底，是我工作的一部分。

他们称我为一名冒险者。我既是一个在过于有序的等级社会中的不确定因素，又是一个面对高度即兴的宇宙时，控制混乱的必要角色。

至于这位外星人，你称他/她/它/他们为船长/导师/僧侣/神秘的存在，都是对的。“我们到达了。信号的。源头。”

他/她/它/他们的本名对于我这样的人类来说完全无法发音，所以我都用简洁的昵称代替，“急性子，信号的内容变了吗？”

急性子发出了一种说不清是咳嗽还是尖叫的嘶嘶声，意思等同于人类的摇头，“信号仍在继续。重复。”

信号的内容我现在已经了然于胸。

“星辰如墨。太空闪耀。永恒尖叫。”

“我们会到达那里。很快，鲁迪。这……”然后他以建造者为我们这艘超级大船起的名字来称呼它，翻译过来大意类似于，“崇尚和平的多倍的瞬息的启蒙构建恒量。会到达的。及时。”

我一如往常缩略了船名，“‘瞬息号’准备完毕，急性子。我们会去做我们最擅长的工作。”

“回答问题。”急性子忽然绷紧了他/她/它/他们的所有触须，就像玉米地里的玉米秆，这是在敬礼，“拯救生命。”

我用自己的方式敬礼回应，举起双拳与肩同高，摊平手掌，“为明天搭建舞台。”

搭建舞台是升腾最真实的使命，是我们置身于繁星中的首要原因。银河系里充满了进化程度不同的生命形式，当他们加入星际旅行者大家庭的时机成熟时，我们就制造一个谜团去把他们吸引过来。

说起谜团，前方出现了一艘与我们的飞船很像的船：一簇巨大的可变形的黑色物体，现在呈球体，就像一串葡萄或是一个分子里聚集的原子。这些球体通常情况下都闪烁着多彩灯光，而现在都暗了。飞船被腰斩开来，嵌在一道亮蓝色的旋涡状光环中。

“你觉得。他们还。活着吗？”急性子问。

我知道他/她/它/他们能判断出我是否在撒谎，但是我还是要这么说："当然。"毕竟，他/她/它/他们有亲人在那艘船上。

不仅仅是亲人，更像是一位被所有人钟爱的门徒，而且是个人类，就像我一样。

她的名字叫朱莉，她是被困住的那艘船的大副。那是她的声音，不断重复着这条信息：

"星辰如墨。太空闪耀。永恒尖叫。"

请想象一艘跟小型卫星一样大的飞船，这艘船由各种巨大的物体相互连接而成，有时是圆球形，有时是立方体，有时是椭圆形或者十二边形，有时又布满了锯齿，就像一个有亿万根尖刺的超级大病毒。这艘船随着它的任务或环境的需要而随意变形。

现在请想象一下这艘船的内部，里面和外面一样令人叹为观止。想象你潜入了一片灯光与色彩的海洋，身边是一堆杂乱无章的泡泡啊口袋啊豆荚啊，它们都是活的，能发出声音，也能移动，有些是正着的，有些是侧着的，有些是里外翻转的，有些是上下颠倒的……它们不断起伏、翻滚、碰撞、融合……这种和谐的混乱足以让一个理智的人疯掉，或是让一个疯子找回理智。

伴随着这一切，请再想象来自十万个世界的生命，从巨人国的居民到显微镜下的生物，都蜂拥而至加入了这浩浩荡荡的大军。请想象羽毛、翅膀、鳞片、利爪、尖喙、皮毛、骨头……皮肤、液体、浓浆、烟雾、树叶、根茎、晶体……啁啾声、号叫声、咆哮声、唠叨声、吠叫声、咔嚓声、爆裂声……比这一切的总和还要多。

想象全部这些，你就会有大致的概念，“崇尚和平的多倍的瞬息的启蒙构建恒量”的内部是怎样的。“瞬息号”。我的家。

然后你就会多少明白一点，为什么我如此深爱它。你会知道，为什么他们把我从佐治亚州带到这儿来的那一天，是我生命中最棒的一天。

我在泡泡和口袋之间的零重力“气流”中下潜，闪避开通向各自目的地的忙碌的船员们。一个声音通过脑波通信在我的大脑中响起。脑波通信会用收听者最能理解的语言播报：

“所有船员集中到各神秘站台。正在接近求救船只‘躁动的分形花纹震中’。空气稀薄。”

我看到自己的站台在下方，一个由金属铬、玻璃和具有超神经传导性的有机陶瓷材质构成的8字形群岛，随着电流通过而闪光。在我朝它降落的过程中，局部的重力开始加大，把我吸引过去，让我轻巧地站在光洁的地板上。

“鲁迪！”一位同事挥舞着他那十六支蜡质的手臂，我叫他蜡烛台，“来看看我们扫描‘分形花纹号’得到的数据。”

我连忙凑到他身边，查看五颜六色的全息图和文字，它们在我们的身边飞舞着。

“没有生命迹象，”我无法掩饰自己语气里的失望，“也没有动力。”

“除了发出求救信号的备用电池。”蜡烛台说。

“那么问题来了，”我左耳边传来一句细声细语，那是一只昆虫的嗡嗡声，“为什么‘分形花纹’看上去被切成了两半，而且好像发生了时空扭曲，仿佛比记录里的大一千倍？”

我皱起眉头，“是不是某种传感器导致的海市蜃楼效应？”

“考虑过，排除了。”细声细语的主人轻快地飞到我面前，这是一只蚊子似的银色生物，只有我小指头的一半长，我管他叫吱吱唧唧，“我们的传感器阵列的诊断结果显示，发生损伤故障的可能性为零。”

“会不会是通灵幻影？”我扬起一边的眉毛，“也许传感器数据只是看起来很诡异，因为我们的意识被扭曲了。”

“不太可能。”另一个声音响彻群岛，与其说是一个声音，不如说是五百个声音，一个涵盖了所有音调和音色的合唱团发出了整齐划一的声音，“思维控制系统确认了船员中没有任何人有感知障碍。”合唱团的主人是一个尖牙利嘴像兔子又像鲨鱼的玩意儿，我叫她可爱杀手。

“我们得发送一个探测器过去。”另一位同事说，她一半像石头一半像灌木，我叫她木棍石头。她的声音就像噼里啪啦的碎石混合着沙沙作响的树叶，“如果‘分形花纹号’上还有人存活，他们一定是在那个奇观的背后。”

“无论那到底是什么。”蜡烛台说。

我们中的谁，得去弄明白。正在这时，脑波通信宣布了一项出发去废墟飞船的任务，五分钟后出发。猜猜这个特遣队上都有谁？

木棍石头是其中之一，“我最好带上装备。”她滚到群岛的边缘，气流把她旋了上去。

“祝我好运。”我微笑着摊开手掌向其他人敬礼，“如果我没能活着回来，把我的齐柏林飞艇收藏留给吹牛大嘴。”

我笑着跃进气流。我给别人起的昵称太多了，有时他们都不知道哪些人是真的存在，哪些是我胡诌的了。

我们小巧的银色侦查飞碟旋转着飞离了“瞬息号”，闪闪发光，就像一枚硬币那样，转速会让你大开眼界的。

在飞碟里，特遣队的六位成员都一动不动地守在思维反馈站旁，接收不断传进脑海中的目的地图像。就连这次行动的指挥官急性子也收拢了他/她/它/他们的触须，专注于投射到思维中的图像。

“距离‘分形花纹号’还有五百个单位，正在靠近。”行走礁岩说道，这个生物长得就跟他的昵称一模一样，他正驾驶着我们的飞碟。

正在这时，有什么东西响了。礁岩的头部（一团五彩斑斓的非水生珊瑚）上方，一个全息影像发出红色—金色—红色的闪光，“这下有意思了。传感器的海市蜃楼效应好像增强了。‘分形花纹号’在奇观背后的这部分，现在像是有原来飞船的十万倍大。”

“没道理啊！”科学官木棍石头从地板上的摇篮里发出咕哝，“这是某种量子放大效应吗？”

“但它为什么随着我们的靠近还在变化？”永恒之光问道，这是两束如慢镜头播放的焰火，构成了类似人类两足的形状，他是小队的医疗官和灯光秀总监，“我的意思是，都到这种程度了？”

“两百个单位，正在靠近。”礁岩说。

我们骚动起来，调整自己的装备：环境服、背包、光源、武器。随时随刻，我们的侦查飞碟都可能与“分形号”[1]对接，我们将有机会了解真相。

我们小队的第六名成员，是安保专家十二重罪人，我们对接之后，他是第一个走出气闸门的。请想象一下，某个人拥有十二个不同的自我，且在同一个时空坐标系中共存，且每一个都是完全不同的物种，性格、语言和动力装置都有着天壤之别，那就是我们这位罪人。

1. “分形号”“分形花纹号”“分纹号”是不同的人或生物给那艘船起的不同昵称。

这次，他呈现的形态是三条腿上有堆成山的肌肉、脸长在布满黑羽毛的胸前，肩膀上并没有脑袋。他以这种形态出现时甚至都不需要环境服，这艘飞船已经失压而没有空气了，冷冰冰的，他在这样的环境中依然毫发无损。

我穿着纤薄的金色环境服，跟在他后面走了出去，然后倒吸一口冷气。升腾文明的飞船内部景象总是令人目不暇接，在没有动力时也不例外。

巨型飞船的内部世界冻结了。豆荚、口袋和泡泡都悬浮在半空中，被无源磁力保护装置托举着……但是没有设备在运行。我所期待的那种在正常工作的飞船里发生的混乱，在这里毫无迹象。

常见的灯光也毫无踪影。只因那个把球体从中间切开的蓝色光环一直闪烁，我才能看清面前的“分形花纹号”里凝固的一切。

随着特遣队的其他成员走出侦查飞碟，我盯着那个蓝色的发光体说道：“他们在这里遇到了什么？”

“我们自己也提不出一个更好的谜题了。”行走礁岩横到我身边说。

“我们必须。坚守任务。”急性子飘到我们头顶，裹在一团闪烁的泡泡里，那是他/她/它/他们的环境服，“数据怎样。从这里看来？”

“这太奇怪了。”木棍石头滚上来研究起飘在她四周的全息影像读数，她穿得就像一个金箔包裹的保龄球袋，“传感器数据在剧烈地波动。这一分钟，‘分形花纹号’失踪的一半好像是它本来的五十万倍大，但过一会儿，又好像变成了原来的百万分之一那么小。”

急性子让他的云硬挺了起来，形成一个梨形的指针，瞄准了那个蓝色的大盘子，“还有什么在。异常的。另一边？”

“我目前探测到唯一的东西是‘分纹号’的另一半。”木棍石头说。

“发送。探测器。”急性子说。

礁岩那长满苔藓的斑驳臂膀在空中交织，一组全息操纵装置在他的脑袋周围盘旋起来。几秒钟之后，侦查飞碟发射出一个足球大小的闪光黑色球体，它越过我们冲向异常面，潜入了碟形的中心，在蓝色的光环中没有产生一丝涟漪。

之后好一阵子，什么也没发生。蓝色的光环还在安静的旋转，没有侦查器的迹象。

“遥感读数。是怎样的？”急性子问。

行走礁岩海星状的眼睛还盯着全息读数，“乱七八糟。传过来的数据完全没意义。”

“会不会是被干扰了或者加密了？”永恒之光问道。

“等等！”礁岩的伪足挥过读数，“我收到数据了。一种静态的……强度还在增加。”

随着这句话离开他的二十五张嘴，那个异常面忽然闪耀起来，我们都浸入了无比炫目的致盲白光。我脚下的甲板也震动了起来。

我们还没人来得及反应，一股强大的吸力开始把我们向异常面拽过去。

十二重罪人是第一个过去的。虽然他体型巨大、肌肉发达，但吸力直接把他连根拔起，就像一颗松开了线的气球，他被卷进了碟形的中心。

其他人也一个接一个被拽起来，升到空中，抛进了异常面。我是最后一个，我已经抛弃了所有的装备，死死抓住地板上一个固定的气流天线，双腿已经被卷到了空中……然后，天线折断了。我像是被抓住了双脚似的甩过了飞船，险些撞上沿途七七八八的障碍物。

然后我撞进异常面，晕了过去。

睁开眼后，我首先看到的是一片雪白中闪烁着黑点的画面。定神再看了看，我怀疑这是异常面发出的那种瞬间致盲的强光留下的残影。

我出于本能地去揉眼睛。当我按压眼皮时，忽然意识到一件事。

我的眼睛和手指之间应该有个头盔啊。

我吓坏了，甩开手深吸一口气，充满我的肺部……这不可能啊，异常面的背后应该是没有空气的，就像在飞船里或者外面的太空中一样。

心跳在加速，我猛地坐了起来，四下张望。我的队友们呢？

特遣队的成员散布在漆黑的甲板上，虽然经历了穿越异常面的磕磕碰碰，但大家都还活着，还能动弹。急性子离我最近，大概二十米远，然而这个距离似乎随着我的观察而越来越远。这是某种视觉错觉吗？或者这跟我们之前在异常面之外采集到的那些反映出体积扭曲的数据有关？

周围的其他参照物也呈现出类似情况。那填满了“分形花纹号”这半边的熟悉场景和设备都飘浮在我们上空，并随着我的注视而变化，仿佛时近时远。

但是这种距离扩张效应还不是飞船这半边最奇怪的事。当我沉浸在周围的环境当中时，又猛然意识到了另一件事。

那些带着斑点的白幕在飞船外面，我是透过船身上的大洞看到的。

船身的撕扯变形很严重，上面满是破洞，飞船的外壳已所剩无几。而且，随着我的观察，它还在越拉越长，几乎要消失在那片带着黑点的白幕中。

忽然，毫无征兆地，它又反弹了回来。这景象让我眼花缭乱、头晕目眩。

甩开它。无论这里在发生什么，我都需要采取行动，弄明白是怎么回事，然后找到我此行的目标，换句话说，就是“分形花纹号”上失踪的船员们。

然后，他们中的一个先找到了我。

“你好，鲁迪！”朱莉的声音从四周响起，“感谢你们的到来！”

一些碎片进入我的视线，分散的它们滑动到一起，让她从四面八方凝聚起来，就像金属沙被磁铁吸引那样。这些碎片硕大无比。她看起来有三十米高，甚至不止，就像一个穿着银箔连身衣的巨兽一般耸立在我面前。她满脸喜悦，微笑时露出了摩天大楼一般闪闪发光的牙齿，每当她甩动乌黑油亮的长发，就会掀起一阵风。

“我想你，鲁迪！”朱莉说这话时，整个身体开始收缩，她滑落到我面前，变成了正常人大小，身高接近两米，一如往昔的纤瘦。“我从没想到还能再见到你们中的任何一个！”她抓住我的手，扶我站了起来。

“告诉我，你知道的一切。”我晕头转向，晃晃悠悠地站起来，“我们在哪儿？其他船员呢？”

“问题真多。”她笑着捏了捏我的手，“鲁迪还是老样子。”

我不耐烦地把手抽回来，抓住了她的肩膀，“你的船员们都还活着吗？”

“请定义‘活着’。”她说话时咯咯地笑着。

我皱起了眉。我所认识的朱莉是个严肃的人，按照某种性格行为学理论，她是个典型的A型性格。自从她被升腾文明诱拐，或者说招募以来，我们当了二十五年的朋友和同事，而我以前从没听到过她咯咯笑。“你觉得这很好玩儿吗？”

“其实只是……”她把头歪向一边，“这边的事情变得不一样了。”

急性子颤抖的声音从我们身后传来：“不一样。如何不一样？”

朱莉扭动肩膀摆脱了我的手，弯下腰去冲着他/她/它/他们那些交织的黄色眼茎微笑。“这还不明显吗？这里星辰如墨，太空闪耀。”

特遣队已经没有队员还穿着完好的环境服了，当大家集合起来时我才发现这件事，甚至连急性子的保护泡都没了踪影。

这倒也不是问题。我们都在正常地呼吸和运转，至少我感觉如此，“分形花纹号”暴露在开放的太空中，飞船的所有系统都没有联网。

我们死了吗？这是幻觉吗？我们被转化了？谜团重重。

越深入，我们得到的答案就越多。

“把这里当作天堂吧。”朱莉看上去好像滑出去很远，却又啪地一下回到了我们的小队中间，“把这里当作极乐世界，所有存在的宇宙中的第一个且最好的。这是初代原型、所有随后产生的宇宙的模板。”

“这就构成了我们的宇宙。具体是什么呢？”急性子问。

“一个错误。”朱莉得意地笑着，耸了耸肩，“至少据我所知是这样。”

“谁告诉你的？”十二重罪人低声咆哮道。

朱莉又耸了耸肩，“一个知道的人。”

“就是这个人维系着我们？”木棍石头问，“在太空的真空中提供生命支持是很困难的。”

朱莉摇摇头，“这里的太空并不是真空。所以，严格地说，我们不应该叫它‘太空’。这里并不是空无一物。”

“其他船员。在哪儿？”急性子的每一只银色眼睛都盯着朱莉。

“你不准备问问我们是怎么到这儿来的吗？”朱莉长成了她正常尺寸的五倍大，“你不想知道我们是怎么跨越的吗？”

“如果这能揭示。其他船员的命运。”

“我们本来是在即兴发挥。”朱莉继续伸展，然后又收缩回来，“这也不是头一次了。”回到了正常尺寸，她邪恶地眨了眨眼。

“哪种类型的即兴发挥？”永恒之光问，他身体里的光渐渐暗淡下来。

“我们不光是向内发送信号，传递给我们宇宙中那些还在发展的物种。”朱莉解释道，“我们也在向外发送。向其他的，更高的文明。”

“但是那并不是。‘升腾’的使命。”急性子说。

“‘升腾’？”朱莉把双臂抱在胸前，“你们有很长时间没有升腾了，不是吗？”

“使命。是启迪。其他物种。来升腾。”急性子听起来气急败坏，“这样一来，我们都升腾了。”

“你们落后了，而且你知道的，”朱莉说，“‘升腾’的所有人都知道。我们中的有些人决定采取行动。我们向局部的时空边界之外发送信号已经有一阵子了。而我们终于收到了一个回答。一个邀请。”她张开双臂，“这艘飞船，‘分形花纹号’，是最靠近汇合点坐标的。”

“什么样的邀请？”礁岩问。

“你们马上将要获得同样的邀请。”朱莉热情地微笑着，“他们扔给了你们一条线。”

“一条线？”十二重罪人咬牙切齿道。

“一条生命线。”朱莉缓缓地点头说。

“你到底在说些什么鬼话？”我问道。

“宇宙的终结。”朱莉咧嘴一笑，拍了拍手，“你们的宇宙。这一刻随时都会降临。”

我们站在那儿，想弄清楚朱莉说的是什么，她指向船身上最大的那个裂缝，“看到那个了吗？”

她话音未落，我瞟到船外的一片奶白色中有动静。一大块逐渐在天空中凝结的灰色斑点，正随着我的注视逐渐变大。它迅速地展开，有了轮廓和颜色，延伸开来遮住了黑色的星星，填补了船体上多个孔洞中的视野。

“那就是我们要去的地方。”朱莉挥挥手让我们跟上，“弃船！”

离开我们的着陆点似乎不是个好主意。但是，我也别无选择。我盯着船体外悬浮的物体——由水晶结构组成的闪闪发光的岛屿，上面覆盖着五彩斑斓的植物——我被拉了过去。

“走吧，”朱莉说，“意念集中在我们的目的地。意念集中在你想要发生的事情。那才是这里的运作方式。”她的脚离开了地面，向船身的那个洞里飘去。

我尝试着反过来做，意念集中在停留此处……起作用了。当特遣队的其他人都升起来飞向那个岛时，我停在原地。

但是我也没能撑住多久。拉力越来越大，超过了我的忍耐限度。我从甲板上升了起来，懒洋洋地转着圈。

我的身体违背了自己的意志，穿过船身进入了那片白幕，飘向那座岛屿，闪烁的光源在哪儿？我看不见。

我还记得五十年前那次被外星力量掌控的时候。我那时也不知道自己是否还能再次见到家乡。

那是夜空中的一束光，一束琥珀色的光柱从佐治亚州的星空投射下来，用温暖的光轮颤动着把我托起来。我本来正走在从酒吧下班回家的路上，它把我接走了。

当时，我瞥见了头顶上的飞船，它圆球形的轮廓在月亮前面勾勒出剪影，我依然记得自己有多害怕。我会被带到一个外星解剖台上吗?

那天晚上，什么都有可能发生。虽然我聪明（没钱上学，都靠自学）、年轻（二十三岁）、不安于现状，但我依然害怕即将发生的事情。

然后，当我跨过门槛走进那个美妙绝伦的飞行器，目光第一次落在急性子身上，听到他问出的问题和那令人难以置信的提议后，我就抓住了自己全新的命运，双手紧握，全心全意。

当我们靠近悬浮在白色太空中的岛屿时，我留意到更多细节。水晶尖顶在五彩缤纷的植物海洋中闪闪发光（或者是某些从远处看很像植被的外星生物）；云的颜色像是紫罗兰或者秋麒麟，有些在向下涌，有些在往上冒；黑曜岩的山顶像火山一样喷出一阵阵烟雾，这些霓虹绿的烟雾飘动起来仿佛有生命似的。

我们在树梢上航行，向最高的尖顶俯冲。然后，就像在白宙（我刚刚给这里起了昵称）经常发生的那样，距离忽然又变了，瞬间成了三倍。朱莉笑了起来，距离又迅速缩小，把我们甩向尖顶，我觉得我们要撞上去了。

然而，我们却轻轻降落在了它前方的地面上。

“我们到了。”朱莉示意那个尖顶。巨大的水晶门摇晃着打开，上面无数的切面闪闪发光，“进去吧。”

“‘分形花纹号’的。船员。在里面吗？”急性子问。

“宇宙要终结了是怎么回事？”礁岩说，“我们能找到阻止的办法吗？”

“我只能说，这将是你们一生中最重要的会面。”朱莉鞠躬，然后挥手让我们进门。

简直难以置信，我跟在急性子身后穿过了门。特遣队的其他人跟着我们鱼贯而入。

我们来到了一个巨大的圆形房间，水晶墙壁像漏斗的侧面一样，向上延伸到了高耸的尖顶。我们周围到处都是水晶反射的光点，成千上万闪烁的亮点就像冻结的五彩纸屑一样悬挂在每一块晶面上。

“除了我们，还有谁来参加这次会面？”我问，“他们何时才能屈尊现身呢？”

“请把他们看成拯救者，”朱莉说“而且他们一直都在这里。”

她拍拍手，屋中央本来一直看起来空无一物的地方忽然展开了三个人。

用“展开”这个词其实并不恰当，他们更像是完全二维的图形，如果从边缘看过去他们简直是隐形的。他们转过身，用摊开的平面面对着我们。

这时我们才发现，他们看起来就像用白色的剪纸作品拼出了块状的人形巨物。中间的那个是最高的（超过三米），脑袋最方；左边的那个矮一点，头骨更有棱角，向后倾斜；右边的最矮，也比另两个圆一些。

他们说话的声音就像一层层的静态混合在一起。他们说了好几个字以后我才意识到这种静态似曾相识，我以前听到过很多次。

这跟宇宙微波背景一模一样，开启我们宇宙大爆炸的背景音。

“欢迎，有福之人。”中间的剪纸说道。

“你们的新生命从此时此地开始。”左边的剪纸说，“无垠的白色天堂等待着你们去探索。”

木棍石头滚到我旁边，“如果我们还没探索完我们的旧天堂，会怎样？”

“忘了那些吧，”右边的剪纸说，“他们马上就要消失了。”

中间的剪纸身后升起了一个微小的物体，是一个高尔夫球般大小的闪亮小金球。它在他的头顶上盘旋转动，闪烁着耀眼的白光。

“一个全新宇宙所需要的所有物质和能量都蕴含在这颗种子里。”中间的剪纸解释道，“我们现在把它送往你们的宇宙，它会替换那个拙劣的谬误，重生成方方面面都更优越的东西。”

我可以相信种子里真的装载了一个全新宇宙所需的内容。我在房间另一端都可以感觉到它超凡的能量和重量。

“为什么摧毁。我们的宇宙？”急性子问。

“它是个错误。”右边的剪纸说，“一个有缺陷的复制品。”

“根据这个完美的模板，”中间的剪纸从那平坦的身体中伸展出了柳枝形的胳膊，“这个复制品早就该被摧毁了。”

“但是它存活下来了，一直躲着，直到现在。”左边的剪纸说，“通过诞生过程中残留的一个秘密链接，一直从我们的原始宇宙中吸取生命力。”

“寄生虫宇宙吞噬着我们的奇宙来滋养它自己生长。”左边的剪纸说，“它里面的东西已经腐坏了。”

“包括它的居民吗？”我示意自己和其他船员，“那么为什么还要在你毁灭它之前把我们带到这里来？”

“因为我们相信有些人是值得拯救的。”右边的剪纸说。

“而她说服我们，你们就在其中。”中间的剪纸说。

我把目光转向朱莉，“我们在这儿都是因为你？”

“你们是我的朋友。”她举起手掌向急性子敬了个礼，“我的导师，我想救你们。”

“代价是什么？”急性子问。

“我们只要求你们帮我们从其他末日宇宙里寻找那些值得拯救的生命形式。”右边的剪纸说。

“换句话说，就是继续做升腾做的事，”朱莉说，“招募最好最聪明的那些。”

一幅画面在我脑海中成型，“其他的宇宙呢，它们为什么要灭亡？”

剪纸们沉默了一会儿。然后中间的那个终于印证了我的猜想。

“跟你们的宇宙一样，它们是劣等的复制品。”他说，“也是寄生虫。为了我们宇宙的生存繁荣，它们必须都被摧毁。”

“这些末日宇宙有多少个？”我问道。

又是一阵迟疑，“所有的。除了我们的奇宙——第一个且最好的宇宙——以外。”

“啊。”我看向朱莉，“那么‘分形花纹号’的船员呢？有没有可能，你们也向他们提出了同样的条件？”

朱莉点点头。

“他们接受了吗？”

“他们不感兴趣。”她的眼神诉说了千言万语。

“但是你有兴趣？”我问她。

“只能说，我得到了第二次机会来重新考虑这个建议，”朱莉说，“然后我想通了。”

听着她的弦外之音，我明白了为什么她希望我们来这里。她的船员都不在了，很可能是因为拒绝参与剪纸们的宇宙大灭绝计划而被消灭了。她是唯一的幸存者，因为同意帮助剪纸们完成他们的黑暗计划而存活下来，很可能命运也是被他们掌控的。而她需要我们的帮助来阻止他们，来保护我们的宇宙家园。

虽然还不知道我们能如何提供帮助，种子已经穿过了房间，轻声鸣响。还有多久它就会直奔向异常点，通向另一端去往我们的宇宙呢？

作为一个冒险者，我听到了不安定因素的疯狂呼唤，响亮而清晰。现在唯一重要的问题是，我们如何阻止种子去摧毁我们的宇宙。

一个念头一闪而过。我看着急性子的眼睛（数十只），给了他/她/它/他们一个暗示——我把双手合拢又分开，拇指和食指捏紧，就像我在拉扯什么东西似的。我需要他/她/它/他们来帮忙拖延一点时间。

他/她/它/他们明白了暗示，立刻采取行动让剪纸们继续说话，“所以‘分形花纹号’。的船员。发生了什么。既然他们。对提议不感兴趣？”

剪纸们回答问题的时候，我转向十二重罪人。“我需要你的其他自我，”我悄声说，“同时出现。”

罪人皱着眉说：“你知道那是不可能的。一个时刻只有一个自我可以占据肉身所在的坐标。”

“你能否至少尝试一下让十二个同时出来？”

“宇宙的物理定律不允许这种事的发生。”罪人阴郁地说。

我拍拍他的肩膀，“但这里不再是我们的宇宙了。”

罪人的愁容舒展开了。

“你听到朱莉说的了。”我眨眨眼，“意念集中于你希望发生的事情。这里就是这样运作的。”

“如果真的成功了呢?”罪人问,“然后做什么?”

“阻止那个种子,”我告诉他,“或者引爆它。”

我抬起头,看到种子差不多就在我的头顶。是时候让计划的其他部分运行起来了。

“永恒之光!”我已经懒得再压低声音了,“来一场灯光秀!大干一场!”

永恒之光没有质疑我,他只是从体内释放出了一股红白相间的烟花。

“礁岩!用木棍石头玩保龄球!”我指着那些剪纸,“击倒那些瓶子!”

礁岩二话不说抱起木棍石头,像打保龄球那样扬起她。幸好我在“瞬息号”上教过他们怎么玩保龄球。

与此同时,朱莉大叫道:“无论你们在做什么,住手!”也许她是在糊弄剪纸们,我觉得她的声音里完全不是话语中的意思。

我们的宇宙命悬一线了,这些都不重要了。“罪人!行动!”我大喊道。

罪人闭上眼睛,攥紧了自己胸前的脸,竭尽全力集中注意力。他像每次切换人格时那样抖动起来,只是这次更猛烈。

趁此机会,永恒之光放出了更多烟火,火焰和火花充满了房间。礁岩把木棍石头像扔保龄球一样甩过了水晶地板,但是这颗“球”冲向剪纸时却在一路叫嚣。

种子依然在滑向门口。

就在这时，罪人咆哮着爆炸了，发出一阵刺眼的白光。当白光消退后，我看到试验成功了。在罪人刚才站着的地方，他的十二个不同版本一字排开。

“阻止那个种子！”我话音未落，十二个罪人立刻一齐行动起来，争先恐后地冲向种子。

不幸的是，剪纸们也采取了行动。那三个人立刻把自己折叠成了新的形态，就像是折纸手工那样，变成了一头猛禽、一条龙和一只巨大的蜘蛛。

他们顷刻之间就对付起十二个罪人，用奇宙里常见的距离翘曲魔法在房间里瞬移。不知怎么的，虽然他们看起来像是折纸雕塑，但是他们切过罪人时就像收割机开过农田。

谁能想到一只折纸蜘蛛能把金属特种兵形态的罪人放倒？他的脸上、胸口和腹部可都有内置有机炮啊。谁能想到一条折纸龙能把紫色皮肤、肌肉发达的狂暴战士罪人撕成粉碎？谁又能想到，折纸猛禽不仅干掉了巨型战神植物罪人，而且也解决了寒冰怪兽罪人和飞速恶魔罪人？

正在发生的还不止这些。不管这些剪纸是什么，他们拥有巨大的能量。按照他们现在的速度，十二个罪人马上就会变成负十二个罪人。

如果不让他们的牺牲变成徒劳，我最好快点行动。

又有两个罪人粉身碎骨了，我飞转过身，把目光投向奖品：悬在空中闪烁的种子。然后我集中意念，想让自己穿越房间去拦截它。

但是我纹丝不动。

快呀！之前在这个所谓的奇宙中，东西总是随机地跳来跳去，靠近或远离，轻而易举。为什么现在不行呢？

种子向门口加速滑去，我撒开腿跑了起来。忽然，有人跃到我面前挡住了去路。是朱莉，她已经长成了三米高，愤怒地来抓我。

我想躲开她的手掌，但是没成功。她飞速地把我抱起来，速度之快都让我无法呼吸了。

她把我抱得太紧了，我觉得她想要碾碎我。剪纸们加强了对她的控制吗？

但是她把我举到面前，轻轻吻了一下我的额头，怒容很快变成了微笑。“谢谢，”她温柔地说，“我就知道，这个任务我找对了人。”

然后她转过身，把我像橄榄球一样对着种子扔了过去。

即便如此，种子依然在加速，我不可能追得上它。我的宇宙要完蛋了。我这辈子最重要的使命要以失败告终了。

但是还没有。忽然，一种无形的力量扑面而来，包裹了我。它把我托离地面，推向种子，我在脑海中听到了千万个尖叫的声音。

当我从这突如其来的援助中回过神时，我想起了最初带我们找到“分形花纹号”的信息：

星辰如墨，太空闪耀，永恒尖叫。

我明白了，这就是全部答案。异常面背后的谜题到此结束。

尖叫声凝固成语句，讲述着故事，回答了生死攸关的问题。这时我认出了这些声音。

他们属于“分形花纹号”的船员。

这些船员，他们中的每一个，都拒绝帮助剪纸们从他们计划摧毁的宇宙中俘获幸存者。因此，他们被杀死并转化成这一股灵魂之流，而朱莉被保护起来加以利用。这些灵魂还在继续努力阻止剪纸们，但是处于非实体状态的他们失败了。

现在，我们将一起成功。

灵魂之流推动我穿越房间去拦截种子。我不假思索地用双手扣住它，承受着它汹涌的能量和潜力带来的痛苦。

它本该在我手心上烧出一个大洞然后冲出房间的，但灵魂之流通过我的躯体而脚踏实地，得以集中意念来限制住它，紧紧包裹住它。

然后他们提出要触发它。

灵魂们把选择留给了我。阻止种子摧毁我们宇宙的唯一办法，就是现在引爆它。如果我们这么做，这个宇宙和这里的所有生物都会被摧毁，给种子里孕育的新宇宙让路。但是我们的宇宙、我的宇宙、我的家园，会被保留。

我愿意做这个交易吗？

我微笑起来。灵魂们在我说出口之前就知道了答案。

齐心协力，我们把意念集中到种子上。它在我的手中变得炽热无比，我感到一股奇妙的兴奋感在体内荡漾。

紧接着是一阵爆炸，以能想到的各种方式把我撕成碎片，痛苦持续得就像永恒那么漫长。

当我醒来时，白宙，或者说，奇宙消失了，一个新宇宙在原地创建。

而我的家园宇宙，在这个宇宙的边缘之外的某个地方，依然平安。我知道，我能感觉到。虽然我并不知道如何能回到那里。我被困在了从种子中萌发的新宇宙里，这个种子本要去摧毁我出生的宇宙。

实话实说，我觉得这没问题。现在这里是我的家了。我以闻所未闻的方式与它紧密联结，在这个伟大而神奇的创世纪中扮演我从未料想过的角色。

也许因为我处于这场新的大爆炸的震中，所以我成了这一切的一部分。我的意识居然还很完好，还能感知到这个宇宙庞杂的方方面面。

请允许我这么说，这是个无与伦比的宇宙。这里的物理定律很古怪又无法预测。在家乡不可能发生的事情，在这里不仅仅是有可能，而且八成儿会发生。相信我，这造就了一个非常美丽、惊奇和多样性的地方。如果你来到这里，它会像大爆炸的种子一样让你大吃一惊。

这里的恒星要大得多，颜色也更丰富，而且不仅限于球形。与我们的宇宙相反，它们绕着行星转，上面的城市建造于稳定的太阳日珥中，而城市的居民则是有裂变反应的生命体。

太空中几乎充满了一种闪闪发光的金色介质，那是一种黑暗的反物质和气态时间的结合体。

而生命形式的数量、多样性、复杂性和顽强度令人瞠目结舌，让我的家乡宇宙和剪纸们的奇宙都相形见绌。

你觉得这听起来不错吗？太好了，我挺自豪的。毕竟，在我的帮助之下，才成就了它现在的样子，我还在影响它未来的样子。

我似乎对这个地方有某种影响力。举例而言，这里的进化是基于合作而非冲突。这里没有死亡或腐坏，没有疾病、痛苦或悲伤。因为我觉得理应如此。

这也是为什么，这里有一个特别的星座，组成它的巨大星群里居住着“分形花纹号”船员们的灵魂。这也是为什么，这整个世界都是献给“瞬息号”的所有重生的船员，还有摆脱了剪纸控制而复活的朱莉。

是什么启发了我，让我用自己的影响力把这个世界塑造成现在的样子呢？某种程度上，我猜想，我依然在执行升腾给我的使命——给出谜题，来吸引那些有朝一日可以成为太空旅行者的物种们。

但是在另一种层面上，有些创造只对我一个人有意义。比如在一个遥远的象限，有一颗蓝绿色的星球，那里有一处地方永远看上去、听上去、闻上去都像是上一次大爆炸之前五十年的佐治亚。在那里有一个酒保长得很像我，走在月光下的乡间小路上，直到一束琥珀色的光柱从天空中投下吸引了他。

然后，会出现一个长得像一团云的生物，扭动着十几根黄色的触须，每根顶部都有只银色的眼睛，会向他抛出那个永远改变他人生的问题。这个问题也许比他/她/它/他们自己意识到的更有预言的意味。这个历史性的问题就是：

“你想。去体验。一个宇宙吗?”

原创小说征稿启事

长期有效

《银河边缘》编辑部

《银河边缘》系列丛书是由东西方科幻人联手打造的科幻文库，致力于展示国内外优秀的科幻小说。与此同时，我们每年将推选六篇中文原创作品翻译并发表在美国版《银河边缘》（*GALAXY' S EDGE*）杂志上。

在此，我们向国内广大原创科幻作者约稿——

我们以“惊奇、畅快”为原则，着力呈现中外科幻名家及新人作者的短篇、中篇佳作，展示更具野心的科幻作品，呼唤长篇时代的到来。

欢迎加入《银河边缘》QQ写作群→ **581159618**

| 投稿邮箱 | tougao@8light-minutes.com
sf-tougao@newstarpress.com

| 邮件格式 | 作品名称+作者名

| 字　　数 | 不限【1.2万字以内的短篇佳作将有优先翻译发表的机会】

| 稿　　费 | 150～200元/千字，优稿优酬

| 审稿周期 | 初审15个工作日回复（长篇除外）

| 审稿标准 |

· 想象力：这是科幻小说的核心与灵魂，也是审稿的首要标准。

· 代入感：作者通过剧情、人物等元素，使小说易读，令读者沉浸其中。

· 剧情逻辑：在人物动机、事件逻辑上没有明显漏洞，不会让读者“跳戏”。

· 辨识度：鼓励创作认真观察时代、真诚表达自我的中国科幻故事。

| 注意事项 |

· 务必保证投稿作品为本人原创，从未发表于任何平台。

· 切忌一稿多投。

· 小说请以附件的形式发送邮箱，注意排版，合理分段。

· 请在邮件末尾提供个人联系方式，如真名、QQ、手机等。

· 咨询电话：028-87306350

图书在版编目（CIP）数据

倒悬的巴别塔 / 杨枫主编. -- 北京 : 新星出版社,2023.8
（银河边缘）
ISBN 978-7-5133-5288-8

Ⅰ. ①倒… Ⅱ. ①杨… Ⅲ. ①幻想小说－小说集－世界－现代 Ⅳ. ①I14

中国国家版本馆CIP数据核字(2023)第140949号

银河边缘
倒悬的巴别塔
杨　枫　主编

责任编辑　吴燕慧
监　　制　黄　艳
责任印制　李珊珊
装帧设计　冷暖儿　张广学

出 版 人　马汝军
出版发行　新星出版社
（北京市西城区车公庄大街丙3号楼8001　100044）
网　　址　www.newstarpress.com
法律顾问　北京市岳成律师事务所
印　　刷　北京美图印务有限公司
开　　本　787mm×1092mm　1/32
印　　张　8.25
字　　数　157千字
版　　次　2023年8月第1版　　2023年8月第1次印刷
书　　号　ISBN 978-7-5133-5288-8
定　　价　48.00元

总机：010-88310888　　传真：010-65270449　　销售中心：010-88310811